蒼山 螢

後宮の炎王 参

実業之日本社

実業之日本社文庫

目次

後宮の炎王

人物相関図

沁《しん》氏《し》「流彩谷」

国《こく》

妻

舞元《ぶげん》
宗主

医者
銀葉《ぎんよう》

引き取る

父娘

医者
雪葉《せつよう》

恋仲

舞光《ぶこう》
次期宗主

光鈴《こうりん》
双子の姉

羨光《せんこう》
双子の弟

義兄弟

翔啓《しょうけい》
幼い頃の記憶がない

過去に何かが?

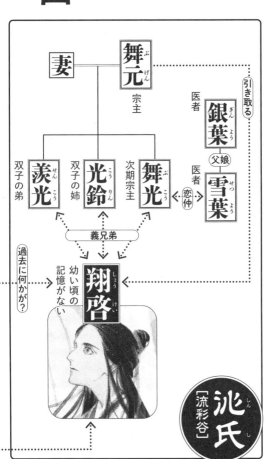

悠永《ゆうえい》

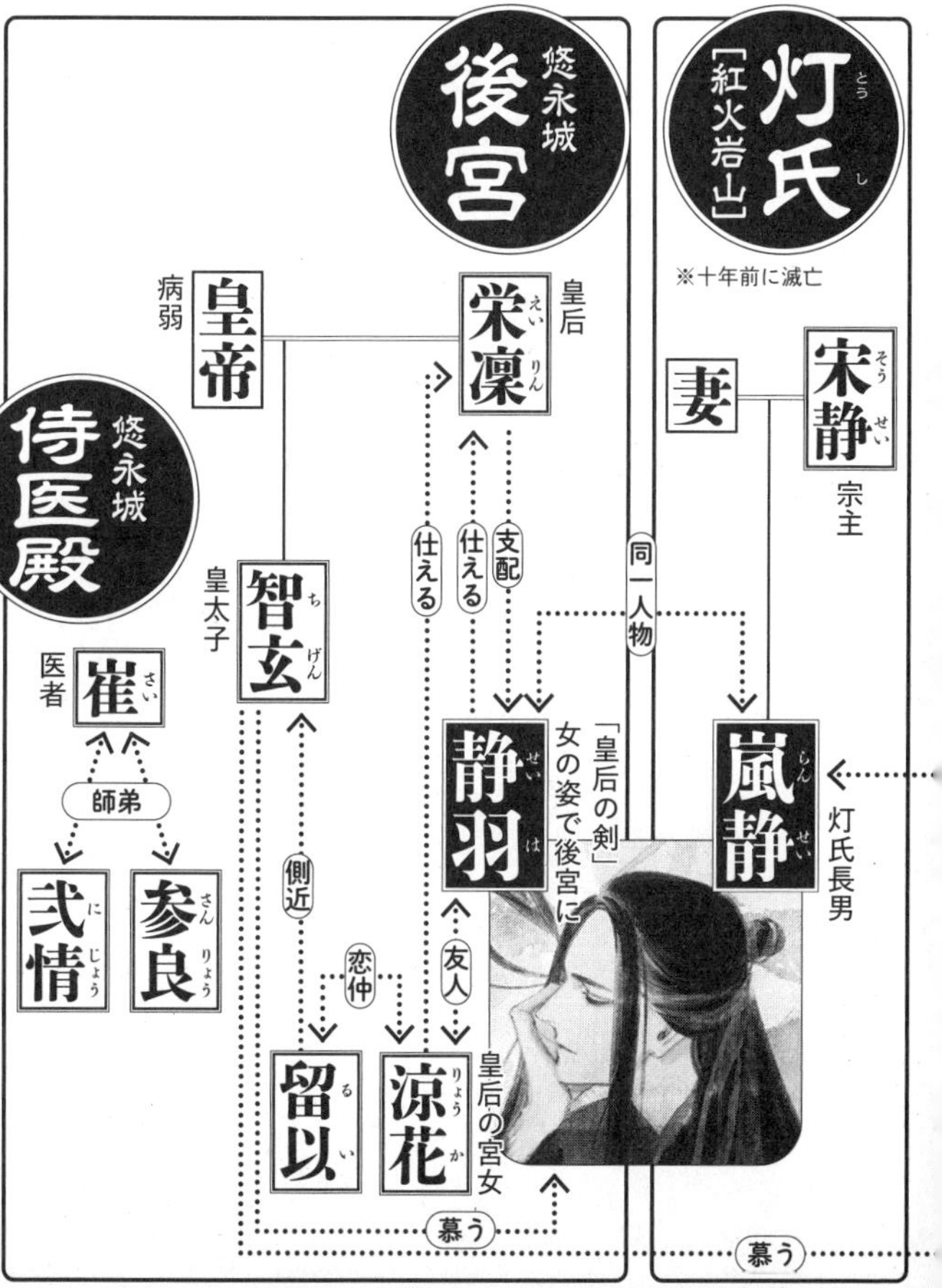

灯氏《とうし》
［紅火岩山］
※十年前に滅亡
宋静《そうせい》
宗主
妻
嵐静《らんせい》
灯氏長男
同一人物
悠永城
後宮
栄凛《えいりん》
皇后
皇帝
病弱
支配
仕える
仕える
静羽《せいは》
「皇后の剣」
女の姿で後宮に
友人
涼花《りょうか》
皇后の宮女
智玄《ちげん》
皇太子
側近
恋仲
留以《るい》
慕う
慕う
悠永城
侍医殿
崔《さい》
医者
師弟
参良《さんりょう》
弐情《にじょう》

第一章　不二《ふじ》

雪のような灰が降っている。

あの日もっと体が大きく力も強かったなら、すべてを救えた。

大切な人たちを傷つけさせはしなかった。両親のそばで生きられた。友と青空の下で互いに夢を語り合ったに違いなかった。

どんな結果になろうと、嵐静《らんせい》は仇《かたき》の行く末を見届けたかった。軀《むくろ》を森に隠すことしかできなかった母に詫《わ》びながら、泣き叫ぶ智玄《ちげん》を幼かった己と重ねた。

血が、一緒に叫んでいた。

高い壁に囲まれた迷路の魔窟《まくつ》が燃えている。それらに背を向けて、分厚い壁を抜けた。

外は嵐静が身を潜めていた場所とは違う匂いがした。吐く息が熱く、体のあちこちに痛みが走るが、心は不思議と水を打ったように静かだった。

やっと自らの足で後宮の外に出た。なにもかもを失ってここへ来てから、はじめてのことだ。

壁の頂上から友が乗る馬車を見送ったこともあった。見つかれば矢を射られその場で殺されるか、脱走か侵入を謀ったとされ捕らえられ折檻《せっかん》でもされかねない危険な行為だった。いま思えば我ながらおかしな行動を取ったと、自嘲《じちょう》した。

元気な姿を見ることができて、それだけでよかったのだ。あの時は。

炎に身を焦がされることなど、十年の水火の苦しみに比べたら造作《ぞうさ》もない。

凧が頬を撫《な》でていき、土の匂いがした。焦げ臭さの隙間に吹き込む、芳醇《ほうじゅん》な大地のそれだ。こんな感覚さえも長いこと遮断していたことに気がつく。

ふと思う。十年は苦しくはなかった。

友は健やかだろうか。辛《つら》い記憶を消し去り、笑顔で過ごしているだろうか。きみは皆に大事にされている。だからそのまま自由に生きてほしい。それればかりを願っていた。

あの頃の己の体と心は空っぽで、なにもかもをなくして、そばには彼の笑顔だけしかなかった。

友の命が救えるのならばなんでもしよう。いまも変わらぬ誓いだ。

翡翠《ひすい》の簪《かんざし》は形見として智玄に渡さなければならない。いますぐ持っていきたいが、もう体がいうことを聞かない。一歩も動けない。

あたりは暗い。いまが夜なのか、それとも夜明け前なのかわからない。

酷《ひど》く疲れてしまった。少しだけ眠りたかった。嵐静は目を閉じて深く息を吸った。

気のせいだろうか、誰かの腕に抱かれている。

土の匂いに交じって、懐かしい香りが鼻腔《びこう》をくすぐり、喉になにかが落とされる。

嵐静は微《かす》かに残る力でそれを飲み込む。体の渇きが潤っていく。

雨でも降ってきたのだろうか。瞼《まぶた》を開けてみたが視界がぼんやりしており、そばにいるのが誰なのかわからなかった。いや、誰もいるわけがない。死の間際が見せるただの幻なのかもしれない。

もしかして父上？　母上だろうか。いやそれとも。

私を……迎えに来てくれたのだろうか。

＊　　＊　　＊

嵐でも来るのか、風が強くなってきた。

湿った匂いがするからきっと雨になるだろう。分厚い雲が太陽をすっかり隠して、いまが夜明けなのか日没なのかわからなくなるくらい暗かった。だから、どちらに太陽が出ているのかわからない。

翔啓《しょうけい》は悠永《ゆうえい》城の城壁に沿って歩いていた。馬があるならもっと早く嵐静を運べるのに、もどかしい。

ここはどこらへんなんだ。

まったくこの城はどうなっているのか。迷路のようで隠し通路や扉があちこちにあり、使ったところが前回と同じとは限らないようだ。嵐静はすべてを把握しているというのか。

十年ここにいたから？

そのあいだ自分はのうのうと暮らしてきたのかと思うと、眩暈《めまい》がする。

地面に埋まっていた石に足を取られて体勢を崩す。さほど体格差があるわけではないと思ったが、意識のない嵐静の体は重かった。

湿った匂いが強くなる。翔啓は自分の上着を嵐静に着せていたが、顔も包み込むように頭から被《かぶ》せ直した。ずっしりとした重さが翔啓の体の自由を奪うが、彼を背中から降ろすわけにはいかなかった。

膝をついて息を整える。このまま進んで城門にたどり着けるか？　闇雲に歩いているのではないだろうか。逆ではないか？　もう一度空を見あげる。戻るのは時間の無駄だ。とにかく歩いてなにか場所の目印になるようなものを探さないと。嵐静に一刻も早く医者の手当を受けさせたかった。なにより、悠永城から離れないといけない。静羽《せいは》を捜索しているだろう城内に彼を戻すことはためらわれる。だが、一番近いのは侍医殿であり、翔啓は正直迷っていた。

その迷いを試すように、目の前に人影が立ち塞がった。背筋がすっと冷える。

「おい、お前。ここでなにをしている」

しわがれた声が降ってきた。翔啓がゆっくりと顔をあげると、兵士が立っていた。悠永軍だ。城壁監視の隊か。翔啓は舌打ちをしそうになったが無理矢理笑顔を作った。

「ご、ごきげんよう！」

「……お前、城内の者じゃないな？」

「はい。貧乏旅の途中で、通りかかっただけです」

兵士は「旅？」と首を捻《ひね》る。じろじろ見てくるので翔啓は顔を背けた。すると兵士は嵐静を指差す。彼が動いた拍子に腰の剣が音を立てた。

「背負っている者はどうしたのか」

「えっと、友人です。疲れて眠ってしまったんですよ」

　また兵士は首を傾《かし》げる。あたりを気にするとこの兵士ひとりだけのようだ。もし騒がれて囲まれでもしたら困る。早急に立ち去らないと。

「いやぁ悠永城は本当に立派ですねぇ。あ、お仕事お疲れ様です。俺はこれで……どうぞお構いなく」

　笑って誤魔化し、この場をやり過ごそうとした。立ちあがって歩き出すと「待て」と止められる。

「……なんでしょうか」

「その背中の奴《やつ》を見せろ」

　ふいに兵士の腕が嵐静に向かって伸びた。

「触らないでください！」

　翔啓は兵士から身を離す。追撃で兵士は翔啓の胸を突く。体勢を崩した翔啓はまた地面に膝をつく。嵐静を落としそうになりひやりとした。

「なにをなさるんですか」

「お前たちがやって来た方向には平原しかなく、その向こうは人の住まない荒れた山岳地帯だ。馬も馬車もなしに人を背負って歩いてくるなど……本当に旅人か？」

兵士は抜剣《ばっけん》し、切っ先をこちらへ向ける。だめだ。これでは逃げられない。

「お前は何者だ。背負っている奴の顔を見せろ」

問いに返事をせず、翔啓は黙って地につけた手を握りしめるしかなかった。

「おい！　そこのお前！　持ち場を離れてなにをしている」

聞き覚えのある声がした。兵士は焦ったように振り返る。

「留以《るい》殿。お疲れ様です」

立っていたのは留以だった。彼は翔啓を認めると表情を変えずに「火事の怪我人《けがにん》か？」と兵士へ問いかけた。この兵士は留以の部下なのだろうか。

「いいえ。旅人だそうなので城内の者ではありません。ですが、どう考えても怪しいので」

「なにが怪しい？」

「だって留以殿、怪しいですよ。旅人のわりにいい身なりをしているし……それに、背負っている奴の顔を見ようとしたら、この男が抵抗するものですから」

兵士はまた剣の先を翔啓の顔に向ける。黙って睨《にら》んでいると、こちらへ向けた剣の先で嵐静の肩を軽く突《つつ》いた。その拍子に上着がずれて顔が見えそうになる。咄嗟《とっさ》に座り込んで、嵐静を抱いて隠した。

「止《や》めてもらえませんか」

着せた上着から焼け焦げた衣がはみ出し、血が滲《にじ》む煤《すす》だらけの手が地面に力なく落ちる。

「なんだそいつ？　汚ねぇなぁ！　ずいぶんボロボロだな」

馬鹿にしたような兵士の言い方に、翔啓は頭に血がのぼった。

「汚くはない。言葉を慎め」

兵士は尚《なお》も嵐静を気にしてしつこかった。しゃがみ込んで間近から確認しようと嵐静に手を伸ばした。それを振り払って、懐に入れていた嵐静の短剣を抜いて逆手に持った。

「おや怖い。しかし、止めておけ。俺は悠永国の兵士だぞ？」

兵士は剣を地面に突き立てて鼻で笑う。

「だからなんだ。触るな」

「ふん。おい待てよ、もしかして……こいつ死んでいるのか？」

うへぇ、と反吐《へど》を吐く真似《まね》をする。

「死人を背負ってきたなんて、お前正気か？」

「死んではいない」

その時、稲光が散って空がひび割れるかのような雷鳴が響く。兵士が一瞬目を離したのを見逃さなかった。翔啓は兵士の足の保護具のあいだ目掛けて短剣を突き出した。ぐえ、と声をあげ兵士は白目をむいた。

「触るなって言っている」

兵士は痛がってうずくまっている。

「ぐうおお、ちくしょう、こいつ！　ただじゃおかないぞ！」

兵士は地面に突き立てた剣に手を伸ばした。急所を狙ったのですぐに立てるはずがない。翔啓は嵐静を背負い直して、その場から離れた。

稲光が強く走り、地面に嵐静を背負った翔啓の影を映す。背後でバリバリと大きな音がして、立っていられなくなった。しばらくして振り向くと、地面に立てていた剣に落雷したらしく、倒れた兵士から大きな炎があがっていた。落雷で絶命したのだろうか。少しも動かないそれを翔啓は呆然《ぼうぜん》と見つめていた。焦げ臭い。また雷鳴が唸《うな》った。

留以がそばに来て「若君。怪我は?」と労《いたわ》ってくれた。

「俺は大丈夫です」

そう答えて倒れている兵士を見やる。

「あれはもう助からない。……嵐静殿ですね？」

言ったあと、留以の視線が地面に落とされる。翔啓の足元に血が数滴落ちていた。

「……手当が必要なんです。意識もない。馬車を頼んで一刻も早く洋陸《ようりく》の都の医者に連れていきたい」

歩き出そうとした翔啓を留以が止めた。

「翔啓殿、なにをなさる気なのですか？」

「なにをって、だから彼を医者に連れていく」

「ここから洋陸までどれぐらいかかるかおわかりですよね？　その間に嵐静殿がどうなってしまうか……」

「それしか方法がないんです」

「こんな怪我人をいまから馬車に乗せるなんて、どう考えても無茶です。これでは本当に……」

あとの言葉を飲み込んで、しっかりしてください、と留以は翔啓の肩を揺すった。

「……腹に傷があるんです。火傷《やけど》も酷くて、もう、何度呼んでも目を開けなくて」

目をこする。涙で留以の顔がぼやけていく。

「わかりました。急ぎましょう、翔啓殿」

「ここから少し行くとすぐに兵士の通用口に辿《たど》り着きますから、そこから悠永城へ入りましょう」

「ど、どこへ？」

「どうして？　せっかく逃げてきたのに！」

城へ戻ると聞いて躊躇《ちゅうちょ》した。

「侍医殿に行くのが一番なのです。翔啓殿も本当はわかっているのですよね？」

「ですが」

「翔啓殿、俺があなたたちを怪我人として保護しますから、侍医殿へ参りましょう。それが一番の近道です」

「留以殿。だって、嵐静は」

自分はいい。嵐静のことが心配なのだ。しかし、迷っている場合ではないのは百も承知なのだ。

「皇太子殿下は、すべての怪我人を手当するようにと命じておられるんです。それに、嵐静殿のことを誰も知らないのですよ？」

「そう……ですね」

「知っているのは我々だけです。とにかく手当をすることが先決でしょう！」

留以の言うとおりだ。先程のように正体を探られ追い込まれるのは、恐怖でしかなかった。だが、なにより嵐静の命を助けることだけを考えなくてはならなかった。

留以は背負った嵐静のことを下から支えてくれているらしく、重さがいくらか楽になった。留以に案内されながら、兵士の通用口へと向かった。警備兵が配備されていて、こちらをじろりとねめつけてくる。またさっきみたいな意地の悪い兵士だったらと思うと、気が気ではなかった。留以が耳打ちをしてくる。

「翔啓殿。俺が話をします。通したら侍医殿へ送り届けます。大丈夫ですか？」

わかったと合図をすると、留以が警備兵に近寄っていく。距離とともに翔啓の緊張も増した。

「留以殿。お疲れ様です」

「ご苦労様」

留以は嵐静を背負った翔啓を指差す。

「怪我人を保護する。火事の混乱で怪我をしたらしく、通用口の先で倒れていた」

「城内の者ですか？」

「きみも知っているだろう、皇太子殿下のご友人で、沁《しん》氏の若君だ。お付きの者が怪我をしたそうでね」

「そうでしたか。災難でしたね……こちらへどうぞ」

留以の言うとおり。俺は殿下と一緒に悠永城へ来て、後宮の火事の混乱に巻き込まれてしまったのだ。

自分に言い聞かせながら、目も合わさず言葉も交わさずに警備兵の前を通る。翔啓の呼吸は浅かった。無事に通用口を抜けると、安堵《あんど》のため息が出る。

「沁ならば通してもらえるのか……」

「翔啓殿が殿下のご友人だと皆が知っていますしね。俺、嘘《うそ》は言っていませんよ」

「たしかに」

ふたりで少しだけほほを緩ませて、先を急いだ。

混乱した城内では怪我人を背負った翔啓を誰も気にしない。皆、自分を守るために精一杯だ。静羽が実は男で、翔啓に背負われているとは誰にもわからない。

背中がずっと濡《ぬ》れている。そのわけを見ないようにして侍医殿へ急いでいた。右の肩にうなだれた嵐静の頭は少しも動かない。

殴ってでも止めるべきだった。どうして行かせてしまったのかと、後悔ばかりだがもう遅い。

侍医殿の前にたどり着いて立ち止まる。手当を受けた者たちが階段に座ったり寝かされたりしていた。手当の順番を待つ者もいるのかもしれない。怪我人を収容する場所が足りないのだろうということは、想像に難くない。

「さ、翔啓殿、俺はここまでです。持ち場に戻らねばなりません」

「ありがとう。恩に着ます」

「どうしても困ったら、大声で呼んでください。飛んでいきますから」

冗談めかす留以と、そこで別れた。

留以に説得されて城に戻ってはきたが、ひとりになるとまた心が揺らぐ。本当は嵐静を流彩谷《りゅうさいこく》へすぐに連れ帰りたい。しかし、この状態では道中どうなるか想像がつく。翔啓は不安を抱えつつ中へ入っていった。

予想どおり、中は怪我人が廊下まで溢《あふ》れていた。

翔啓はその場に立ち尽くしたが、ここでじっとしていてもどうにもならない。

灰色の衣が侍医殿の医者か弟子だが、知らない者に嵐静を診せることはできない。できれば腕のいい医者がいい。早くなんとかしなくては。背負った重さが気持ちを焦らせる。

「侍医長はいますか！　崔《さい》殿！」

怒られるかもしれないのを覚悟で叫んでみた。怪我人たちが迷惑そうに翔啓を見てくる。

「崔殿は……！」

奥へ歩き出そうとして翔啓は立ち止まる。こちらへ手を振る人物に気がついた。

「翔啓殿じゃないですか～！」

奥から駆け寄ってきたのは、皇太子行方不明騒ぎで城から出られなくなったときに世話になった、侍医殿の弟子の弐情《にじょう》だった。襷《たすき》をかけた袖から出た痩せた腕は、煤で汚れていた。

「どうしてここへと思いましたが、そういえば皇太子殿下が流彩谷へ行かれておりましたね」

詳しい話をしている猶予はなかった。

「弐情殿！　崔殿はいませんか？　怪我人を運んできました！　彼を助けていただきたい。酷い怪我なのです」

「侍医長はいま手が離せませんが……」

「なんとか手当していただきたいのです。弐情殿、どうかお願いです」

崔でなくとも、弐情だって侍医殿の医者である。縋《すが》るしかなかった。翔啓の懇願に、弐情は「わかりました」と表情を引き締めた。

「翔啓殿、この方は？」

「友人です。救助活動を手伝っていて火事に巻き込まれてしまって……助けていただきたい」

「まずは状態を見せてください。こちらへ」

弐情は翔啓の背中でぐったりしている嵐静を見て「酷いな」と呟《つぶや》いた。

案内されるまま廊下を進んでいく。途中、戸が外された広間が見え、寝台がずらっと並んでいた。どれにも人が横たわっており、時折寝返りを打つ者の衣擦《きぬず》れの音しかしない。

「処置用に広間に寝台を並べています。いつもはこんなに患者はいませんからね」

「なるほど。ここに運べばいいですか？」

「いいえ。こっちですよ」

広間に入ろうとして弐情に止められた。

広間からまた少し廊下を進んだところにある部屋へと通された。寝台が一台だけ置いてある。近くの棚には煙が立ちのぼる三つ足の香炉が置いてあり、湯気の出ている鉄瓶がかけられた火鉢、小さな引き出しがたくさんついた作り付けの棚がある。

長方形の机には治療道具が並んでいた。

「翔啓殿、ご友人をここへ寝かせましょう。寝台が古いものなのであまり寝心地はよくないかもしれませんが」

刺激を与えないよう、ゆっくりと嵐静を寝台に寝かせる。嵐静の姿は見るも無残で、目をそむけたくなる。翔啓は寝台から垂れ下がった嵐静の手を取って「大丈夫だからな」と声をかけた。

「弐情殿。俺も手伝いますから」

「助かります。それでは僕は治療の準備をしてきますので」

「……わかりました」

「すぐに戻りますが、申し訳ありませんがその間になにがあっても責任は持てません」

わかっています、と翔啓は答えるしかなかった。

部屋を出ようとした弐情は、再び振り返って外を指さす。

「そこの戸から中庭に出られますから。水場に桶《おけ》もございます。それと、ゆっくりと、傷に触らぬように衣を脱がせておいてください」

翔啓がわかったと返事をすると、弐情は部屋を出ていった。

翔啓は中庭に出て、井戸で水汲《く》みをしている弟子から桶に水を貰《もら》った。それを持って嵐静のもとへ戻る。

手巾を濡らして絞り、煤だらけの頬を拭ってやる。手足の火傷は酷いが、顔はさほどでもなさそうだった。上半身の衣を脱がそうと、帯を解いて襟元に触れる。喉ぼとけを隠すため常に首につけている襟巻が微かに湿っていることに気がついた。血で濡れているのかと思ったがそうではなく、きっと長紅殿《ちょうこうでん》へ入ってから水をかぶったのだろうと思った。

ここへ連れてくるあいだ、呼吸を確認することも鼓動を感じることも、怖くてどうしてもできなかった。

恐る恐る衣の上から嵐静の胸に手を当てると、奥からとくとくと静かな鼓動を感じることができた。

生きている。

鼻の奥がつんと痛くなる。汚れた手巾を桶に満たした水の中で絞ると、汚れが広がっていく。赤いものは血だろう。

顔の汚れが取れたあとに、そっと襟の合わせを開いてみる。衣はボロボロではあったが肌に貼りついたり焼け落ちたりしているわけではなく、胸や腹への火傷はなさそうだった。よく燃えなかったものだ。

翔啓と同じ右胸にある傷、その上に尖《とが》ったもので刺したような血が滲んでいる箇所がある。脱出のときになにかを引っかけたのだろうか。

翔啓は自分の懐を探る。嵐静の短剣と、翡翠の簪を取り出した。嵐静の胸の古傷に重なるようにつけられた新たなものは、切り傷ではない。よく見ると衣にも穴があいている。

「もしかして、生きていたのか？」

その可能性がないわけではない。

皇后が生きていたなら助ける、死んでいたなら軀を運び出すといって嵐静は炎の中に飛び込んだのだ。だが、嵐静は塀の外へ出てひとりで倒れていた。

胸の新たな傷は簪の刺し傷では？

皇后は生きていたのか、死んでいたのか。嵐静に聞かないとわからない。

燃え盛る長紅殿から皇后を運び、誰かに託したあとに嵐静はひとり逃げたのかもしれない。

翔啓のもとにではなく、ひとりで塀の外に。なぜだ。強く握った手巾からぽたりと水滴が落ちる。

「嵐静」

呼びかけてみても、唇は開かず、規則正しく並んだ睫毛《まつげ》は動かない。

翔啓は広間に並ぶ寝台を思い出した。もちろん皇后が侍医殿に運び込まれていたとしてもあの部屋であるはずがないのだが。ここみたいな個室にいるのかも。

嵐静のわき腹の傷を見ようとしたときだった。部屋に弐情が戻ってきて、すぐあとから灰色の衣を着た白髪の老人が入ってくる。顎鬚《あごひげ》も白く、石像のような印象は変わらない崔だ。翔啓は無言で立ちあがり、崔に向かって頭を下げた。

忙しいところ、様子を見に来てくれたのだろう。

崔は嵐静のそばへきて顔を見、すぐに寝台から離れた。

「……若君のご友人だとか」

「はい。沁の者です。救助活動を手伝っていて火事に巻き込まれ、怪我をしたのです」

翔啓はそう誤魔化した。皇太子が流彩谷へ来ていたことは周知の事実。だから沁氏の者が城内に立ち入っていてもおかしくはない。ただ、嵐静の怪我の様子が普通ではないことは隠しようがない。

崔は訝《いぶか》しげに口をへの字に曲げた。

「……なにか？」

「いや、なんでもございませんよ」

嘘だと思ったのだろう。しかし、もし問いただされても譲らないつもりだった。

崔は嵐静に視線を戻し、苦渋の表情でため息をついた。

「して、彼は火事で逃げ遅れたのですな？」

「はい。呼びかけにも目を覚ましません。手足の火傷が酷いのと……わき腹に傷があるのです」

「……彼は生きているのですか？　死人を助けろというわけではありませんな？」

崔は嵐静の腕を取ると脈を見て唸った。翔啓を見やる。

「微かだが、脈はある」

彼は治療道具から鋏《はさみ》を取ると、嵐静の衣を切り裂いた。腹の傷があらわになり、思わず顔をそらしてしまった。崔がまた唸った。

「傷に慣れていない若君は見ないほうがよい……酷いな。どうしてこんなになるまで放っておいたのだ」

その独り言は翔啓にとって重たく、肩にのしかかってから床に落ちていく。崔は再び脈を見ながら舌打ちをした。

「弐情。あとは任せた」

「承知しました」

崔は部屋を出ていこうとする。翔啓は「待ってください」と崔を引き留めた。

「あの、崔殿は治療をしてはくださらないのですか？」

「弐情もいい腕をしておりますのでご安心を。わしはこれ以上触れません」

「なぜ……？」

「こんなことを医者として言うのはどうかと思いますが、どんな名医が手当をしてもきっと同じですな」

「どういうことですか？」

翔啓は崔を睨んだ。崔は怯《ひる》むように目をそらし、部屋の戸に手をかける。

「ここへ運び込まれた怪我人の中で一番酷い。翔啓殿、彼は本当にただ火事に巻き込まれただけですか？　なぜこんなにも傷だらけなのでしょうか。わき腹の傷、これはぶつけたり引っかけたりしてできるものではありません」

「……それは……」

崔はまたこちらをじっと見ている。翔啓がなにを言うのかを聞き漏らさないようにしているかのようだった。思わず言葉に詰まってしまう。

嵐静のことを聞かれて沁の者だと説明したが、着ている衣の種類が違うのは見ればわかる。嵐静の黒衣は流彩谷の織物ではない。

仮面を外せば、嵐静は誰にも気づかれないはず。実際、皇后の寝所から出て後宮内を逃げているあいだ誰にも怪しまれなかった。それなのに、崔のこの反応はなんだ。

「崔殿……あなた」

もしかして、静羽の正体を知っている？

口から出そうになるのを、そばにいる弐情の存在で踏みとどまる。言ったらとんでもない騒ぎになるだろう。

「なにを言いかけたのですかな。若君」

「いいえ……なんでも」

「なにをおっしゃりたいのかわかりませんが、いまは非常事態。やらねばならないことがたくさんあります。このうえわしは厄介ごとに巻き込まれたくないだけです」

嵐静のことを厄介だなんて。言い返したいのを堪える。追い出されかねない。弐情までもが嵐静を見捨てたら、救えるものも消えてなくなる。

「本当に翔啓殿のご友人なのかも定かではない。どこの馬の骨なのでしょうね」

大切な友だ。馬の骨だなんて言わないでくれ。

「助けて……いただきたい。どうかお願いします」

翔啓は頭を下げた。弐情は、顔をあげてくださいよと言ってくれたが、翔啓はふたりに願った。

「助かるかどうかわかりませんぞ、若君」

崔の言葉にぞっとする。

「手の施しようがない。腹の傷は新しくない。数日放置していたものでしょう」

逃げるときに剣を受けたと言っていた。いつのことなのだろう。ずっと血を流し続けたままで炎の中に飛び込んだ。平気だなんて嘘をついた。本来は動けるような状態じゃなかったのだ。

「翔啓殿、ご友人がどうしてこのようなことになったのか深く詮索はしません。が、……因果応報なのでは？　わしはもう行く。弐情、頼んだ」

因果応報？　聞こうとしたとき、弐情に阻まれた。

「申し訳ございません、翔啓殿。侍医長はお忙しいのです」

「わしは皇太子殿下のところへ行かねばならないので。この騒ぎで熱を出されましたから」

え？　と翔啓が顔をあげると崔と目が合う。

皇后のことはまだわからないが、父親を殺されたのだ。体調を崩してしまうのも当たり前だろう。

「その、殿下のお加減は」

「翔啓殿、殿下はわしたちがいますので心配いりません。たとえおそばに行ったところで、あなたにはなにもできません」

癪《しゃく》に障るが崔の言うとおりだ。翔啓は唇を噛んだ。智玄が心配だが、嵐静のそばを離れるわけにはいかない。

崔は弐情に任せると、部屋を出て行ってしまった。

もしかして、崔は嵐静のことをも知っているのではないか。知っているが、言葉どおり「厄介ごとに巻き込まれたくない」と触れなかっただけなのでは？

要するに、崔は嵐静を見捨てたのだ。どうせ助からないのだから。翔啓は呆然とした。

弐情は手早く嵐静のわき腹を手当し、きっちりと包帯を巻いた。このあいだに少しずつでも傷が癒えて快方に向かうように願った。腹の次は火傷をしている手足。

弐情は丁寧に薬を塗り、こちらにも包帯を巻いた。

すべて終わると、嵐静の体に掛布をそっとかけた。彼はずっと眠ったまま。寝息が聞こえないくらいに静かで、もしやと背筋が冷える。だから口元に手を翳《かざ》して確認をしてしまう。

「大丈夫。よく眠っています」

「……はい。手当をしてくださってありがとうございます。弐情殿」

「医者の務めですから」

弐情は、厄介ごとだと手を引いた己の師匠をどう見たのだろうか。

「ありがとうございます。弐情殿も俺たちに関わりたくなかったでしょう」

「深く詮索をしません。助けを求められたら無視はできません。たとえ助からないと思っても、無駄かもしれない処置をしても、それで患者の心が救えるのならば、僕はやります」

にっこり笑う弐情に、言葉どおり心を救われ、翔啓は少しだけ笑うことができた。

包帯が巻かれた嵐静の手を取る。お願いだから目覚めてくれ。一緒に流彩谷へ帰ろう。

「目を開けてくれよ……」

弐情は翔啓の肩をさすってくれる。

「酷い火事でしたね。すぐ鎮火できるものと思っていたのですが、火のまわりが早かったようで。怪我人は消火活動や逃げるときに転ぶなどした者が大半でした。煙でやられるか火傷を負った者は、適切な手当をすれば命に別状はありません。皇太子殿下が貯蔵庫を開放してくださったおかげで、備蓄の瑠璃泉《るりせん》が大いに役立ちました」

翔啓は皇帝死亡の知らせを受けて、智玄より先に悠永城へ来たことを話した。

「たまたま居合わせて救助活動を手伝い、参良《さんりょう》殿に会いました」

「そうだったのですか。大騒ぎでしたからね、驚いたでしょう。参良はまだ後宮にいると思います」

「彼に、参良殿から貰った瑠璃泉を飲ませました。少しですが」

あの水筒をどこかに落としてきてしまったことを、いま気がついた。参良に会ったら謝らなければ。

「なるほど、瑠璃泉を。それでいくらかもっているのでしょうね。しかし、いつまで持ちこたえられるか」

「……やっぱり、崔殿の言うとおり、だめかもしれないってことですか？」

「目を覚まさない限りはなんとも」

助からないかもしれない。いま動いている鼓動が止まるかもしれない。

まだなにも返せていないというのに、こんな形で死なせるわけにはいかなかった。

「数日は安静に。若君は流彩谷へ戻られるのでしょうから、我々がこのまま彼の治療を続けて……」

「いいえ」

翔啓は弐情の言葉を遮る。

「置いてはいけません。俺は彼を連れて帰ります」

もしもこのまま目を覚まさなかったとしても、ひとり残して帰ることなどできない。

「そうですか。わかりました」

弐情は仕方がないといった様子で頷《うなず》いた。

嵐静はもう行き場がない。考えたくはないが、たとえここで息絶えることになったとしても、躯だけでも連れて帰りたい。

「ただ、二日ほどはこのまま安静に。無理に動かさないでくださいね。翔啓殿もお疲れのご様子ですし、この部屋で過ごしてください。あなたが倒れたら看病する人がいなくなっちゃいます」

弐情は棚から茶器を取り出して、火鉢にかけてある鉄瓶の湯を使い茶を入れてくれた。

「しかし、火事だけでなく本当に大変なことになりました。情報も錯綜《さくそう》していて」

「俺はなにもわからないのですけれど、弐情殿はなにか聞きました？」

弐情は口元に手を当てて、こそこそと話す。

「実は僕もあまりよく知らないのですが、犯人は死んだとも、混乱に乗じて逃げたともいわれていますよ。怖いですね」

静羽が犯人だと証言したのは皇后だけだ。皇后の宮女である涼花《りょうか》と皇太子の智玄、側近の留以が、静羽の仕業《しわざ》ではないと反論できる存在だった。

「あの、皇后陛下はご無事で？」

「それが、行方が知れないそうです」

ということは、救出され城内で手当を受けているわけではない。嵐静が持っていた簪は皇后のものと思われるが、形見として持ち帰っただけかもしれない。

やはり死んだと思うのが妥当か。

翔啓は目を閉じた。生きていてほしくはない。

嵐静を返せと叫んだ姿を思い出した。あの執着は普通じゃない。きっと嵐静をどこまでも追って、連れ戻すに決まっている。

「皇太子殿下の側近である留以殿が皇后陛下を救出に向かいましたが、はぐれたと。逃げ遅れてしまったのでしょうね。おいたわしいことです」

「そう……なのですか。ご遺体は？」

「さぁ。そこまではわかりません」

最後に皇后を救出にいったのは留以ではない。燃えて崩れ落ちた長紅殿の中に皇后が残されたままなのかどうなのか、知っているのはここで眠っている嵐静だけだ。

「皇后の剣が皇帝陛下と皇后陛下の命を狙い、更に火つけをしたという話ですよね」

「相打ちでも狙ったのかも？　よほど恨みがあったのかなぁ。皇后の剣も焼け死んでいるんじゃないですか？」

翔啓はわざとそう言った。

「どうでしょう。まぁそれなら因果応報ですよね。皇帝陛下のお命を取るなんて悪事を働いたのだから」

「……全部、静羽のせいになるんですね」

因果応報か。崔も同じことを言っていた。嵐静はなにも悪くないというのに。

「なにを信じればいいのかわかりませんねぇ。とはいえ、今日も明日も僕は自分の仕事をするだけです」

弐情は「また来ます」と言って部屋から出て行った。

しんと静まり返った部屋でついたため息がやたら大きく聞こえる。

「あんたはなにも悪くない」

皇后が行方不明なのであれば、もう嵐静をここに縛りつけるものはなにもない。

連れ帰っても、誰も止めない。

嵐静が目を覚まさないまま二日が経《た》った。今日、翔啓は流彩谷へ帰る。

弐情が包帯を替えに来て、傷の状態をみてくれていた。出血は止まっているが、脈も呼吸も弱いままだそうだ。

今朝はまだ暗いうちから雨が降っていた。

侍医殿の弟子たちに手伝ってもらい、嵐静を馬車へ乗せる。寒くないように厚手の掛布で体を包み寝かせた。

この二日間、弐情以外誰も部屋を訪ねてくることもなかった。静かに、そして密《ひそ》かに悠永城を出発することができる。智玄に別れを告げることもできないが、文を出すことにしよう。

　御者が準備を整えたと知らせてくれた。

「ありがとう。じゃあ出発しましょう」

　そのとき、後ろから声をかけられた。振り向くと崔だった。笑顔はなく、怒っているような表情で、どう考えても別れを惜しむような雰囲気ではない。

　でも、見送りに来てくれただけありがたい。その気持ちを尊重して丁重に挨拶をしなければ。

「崔殿、お世話になりました」

「いや。わしはなにもしていませんから。して、どうですか？　ご友人の様子は」

「変わらずに眠っています」

「そうですか……どうぞお大事に。声をかけてやりなされ。若君の声に導かれて目覚めるやもしれない」

「わかりました」

　翔啓はすこし警戒をした。崔は嵐静を怪しんでいる。一刻も早く立ち去ったほうがいい。怪しんではいるが、騒ぎ立てなかったのは幸いなのかもしれない。

「では」

崔に背を向けて、馬車に乗り込んだ。

「あの時も……わしは同じことを言った。目を覚まさない友を見守るんだと言い張って眠らない彼に」

崔の声が聞こえて、翔啓は物見窓を開けた。

「崔殿！　いまなんと？　あの時とは？」

「若君はわしのことも覚えていないのですな。やはり素晴らしい技術だ」

崔は眉尻を下げ、目を細めている。なんの話なのだろうか。

「あなたがたふたりがこうして一緒のところを見て、わしは生きていてよかったなと思えますわい」

「崔殿？　どういうことです？」

「嵐静が目を覚ましたら聞きなされ」

「し、知っているんですか、嵐静を！」

「いいから、もう行きなさい。どうかお元気で」

ゆっくりと馬車が走り出す。物見窓から身を乗り出して、崔と弐情へ手を振った。

城門が開き、馬車は城外へ走り出ていく。

「嵐静、外に出たよ。やっとだ。ちょっと後戻りしたけどな」

包帯の巻かれた手をさすってやる。

「あんたはもう自由だよ」

呼びかけても返事はない。

嵐静のそばへいき、彼の頭を自分の膝の上に乗せた。このほうが楽に眠れるに違いない。嵐静の寝顔を見下ろしていたら、いつの間にか翔啓も眠りに落ちていた。

いつもよりも大幅に時間をかけて、翔啓は流彩谷へと帰ってきた。沁の屋敷に到着したのは夕刻だった。

屋敷の門を入ると中庭には誰もおらず、舞光《ぶこう》の作業部屋を見ると湯気があがっている。仕事中らしい。夕餉《ゆうげ》の準備の最中らしく、沁氏の屋敷からは美味《おい》しそうな匂いが漂ってきていた。

翔啓は馬車から降り立つと、御者に手伝ってもらい、眠る嵐静を自室に運んだ。

こんなふうにこそこそ隠れるように帰宅したくはなかったが、嵐静を連れて帰ると知らせたら反対されるに決まっている。歓迎されるわけがない。

舞光はどんな顔をするだろうか。なんとか説得をしなければ。

着替えをして自室を出ると、廊下で光鈴《こうりん》を見かけた。

「光鈴」

呼びかけに振り向いた彼女は、目を丸くする。駆け寄ってきて笑顔を弾《はじ》けさせる。

「翔啓兄！　戻っていたのですか、びっくりしました」

「うん。ついさっきね」

「無事に戻ってこられてよかった。兄上は、翔啓兄は戻らないんじゃないかとずっと心配していたのです」

舞光と言い争いをして屋敷を飛び出したのだ。心配どころか怒っているだろう。

「お腹空《なかす》いてますでしょ？　もうすぐ夕餉の用意が整いますよ」

「ありがとう。兄上は作業部屋にいるね？　顔を出してくるよ」

「雪葉《せつよう》先生とご一緒ですよ」

舞元《ぶげん》の部屋へ行くという光鈴と別れ、翔啓は舞光の作業部屋へ向かった。

雪葉も来ているのか。翔啓は作業部屋の戸の前で足を止め、湯気が立ち昇る屋根を見つめる。

舞光は雪葉にどこまで話しているのだろう。灯《とう》氏のことや翔啓のことを。

近い将来、きっとふたりは結婚する。翔啓もそうなってほしいと願っている。その時に自分の存在は邪魔にならないだろうか。いままでこんな気持ちになったことはなかった。

沁氏にとって、舞光や舞元にとって、俺は一体なんなのだろう。いっそ、嵐静を連れてどこかへ行ってしまおうか。

そんな考えに息が苦しくなり、俯《うつむ》いて目を閉じたときだった。ふいに作業部屋の戸が開いた。

「翔啓様？」

目の前に白衣姿の雪葉が立っていたのである。光鈴同様、翔啓を見て目を丸くしている。

「あ……雪葉先生」

「まぁ！　いつお戻りに？　若様！　翔啓様が帰って来られましたよ」

雪葉は奥にいると思われる舞光へ声をかけた。すると、長い髪をひとつに束ねた舞光が駆けてきた。

「……翔啓」

「た、ただいま！」

いつものように陽気に笑ってみせた。舞光は一瞬目を細め、翔啓の腕を摑《つか》んだ。

「怪我はないか？」

「ないよ」

「本当にか？」

「かすり傷ひとつないよ」

そうか、と舞光はほっと息を吐いた。

「悠永城は大変なことになっていたそうだから。皇帝陛下だけでなく、皇后陛下も……それに、お前が火事に巻き込まれたとの知らせもあったのだ」

「誰がそんな情報を……適当だなぁ。だいたい、火事があったのは後宮だよ？」

舞光は翔啓の頬や手のひらなどを見て、怪我でもしていないかくまなく調べているようだった。

「ここは？」

最後に右胸を突かれる。

「大丈夫、大丈夫。本当にどこもなんともないよ」

「よかった」

心底安堵した様子の舞光は、抱きしめて頭を撫でてくれた。そんな舞光の様子に翔啓もほっとする。兄の匂いは安心する。

「もうすぐ夕餉の時間だよ。私たちももう作業を終えるから、一緒に行こうか」

「うん」

舞光は「私がやる」と雪葉から火箸を受け取り、竈《かまど》の火を落としている。

「……舞光、食事が終わったら、会ってほしい人がいるんだ」

翔啓がそう声をかけると、舞光は振り向いて「会ってほしい人？」と首を傾げた。

「うん。雪葉先生も、一緒に来てくれないかな」

私もでしょうか？　と舞光と同様に首を傾げる雪葉。嵐静の存在を隠しておくことは本意ではない。きちんと話をしなければ。

心ここにあらずのまま夕餉の席に着いたが、せっかくの好物である大根と豚肉の煮物も、根菜の酢の物も喉を通らなかった。光鈴は舞元の部屋におり、羨光《せんこう》は友人と出かけて外で食事をしてくるらしく、不在だった。双子がいたらきっともっと賑《にぎ》やかで、気が紛れたかもしれなかった。

夕餉を終え、すっかり夜の帳《とばり》が下りたころ、翔啓はふたりを自室へ連れて行った。

自室の戸を開け、ふたりを促す。舞光は衝立《ついたて》の向こうの寝台に誰かが寝ていると気がついた。兄が纏《まと》う空気が尖《とが》るのがわかった。雪葉は舞光の様子を窺《うかが》いながらも、寝台を気にしている。

「雪葉先生」

「はい？」

「あれは俺の友人です」

「……そうなのですか。お加減でも悪いのですか？」

「雪葉」

言葉を遮るようにして舞光が雪葉を呼ぶ。そして「雪葉、父上の様子を見てきてはくれないだろうか」といった。雪葉はなにかを察した様子で「若様、ではのちほど」と部屋を出て行った。席を外させたのだ。舞光は寝台に歩み寄り、嵐静を見下ろしている。

「翔啓。雪葉を巻き込むな」

「流彩谷の名医として頼りたいだけなんだ。彼は酷い怪我をしている。火傷もあって、悠永城の侍医殿で手当は受けたけれど、まだ安心はできないんだ」

「……だからといって、なぜ流彩谷へ連れてきた」

こちらを振り向く兄の表情は厳しい。この反応は予想していたものだった。

「助けたいからだよ！」

「我々に助ける義理はない」

「俺を……沁を守ってずっと後宮にいたんだよ。舞光、お願いです」

翔啓は頭を下げた。ここに置かなければ嵐静は行くところがない。

「守ってくれなどと我々は頼んでいない。彼が勝手に決めたことだ。沁は関係ない。そもそも灯氏宗主が皇后陛下を害そうとしたせいで追われる身となったくせに。彼がいままで生き永らえていたのは、友であるお前を守るという大義名分で、己の身を差し出したからだろう?」

「舞光、そんな冷たいことを……もともとは北部一帯を一緒に守ってきたのに」

「冷たくはない。彼は助かりたかっただけ。保身だろう。お前は利用されただけだ」

「それは！　皇后に脅されたからだよ。仕えれば俺を助けるって」

「ほう。嵐静が性別を偽ってまで後宮にいたのは脅されたからなのか。知らなかった。しかし、だったらなんだというのだ。その脅しに屈したのはこの男だ。彼はなんでもするのだな、おぞましい」

冷たく尖った怒りが舞光を取り巻いている。

「翔啓。関わるなとあれほど言ったのに……。しかもいまは最悪の罪を犯してしまった者となったのだぞ。父も息子も罪人か。なぜ暗殺の犯人を連れてきた?　主を裏切り、皇帝陛下のお命を取った。天に背く行いだろう」

「静羽は女子。正体を知るものはほとんどいない。皇后陛下は静羽を殺せと命令したけれど、嵐静は関係ないんだ。わかるでしょう？　舞光」

「それは屁《へ》理屈だ」

「そんなことはない。静羽はここにいる嵐静だと舞光が叫んだところで、男が後宮で皇后に仕えていたなんて誰が信じますか？　それに、嵐静は主を裏切ってなんかいない。彼は犯人じゃない」

　どう説明してもわかってもらえない歯がゆさが、息苦しさを連れてくる。

　人生の搾取をしていたのは皇后のほうだろう。それに皇帝を殺してはいないと嵐静が言っていたのだ。彼を信じている。

「彼が犯人ではない証拠でもあるのか？　静羽の正体が紐解《ひもと》かれる可能性がないともいえない。万が一流彩谷へ逃げたことが発覚し、捜索が沁に及べばどうなるか、お前も想像できないわけではないだろう」

「そうはならない」

「なぜだ？」

「皇太子殿下が、皇后の剣は皇帝陛下暗殺の犯人ではないとおっしゃっているからです」

舞光が目を丸くする。

皇后が命じた「皇帝暗殺の犯人、静羽を殺せ」との命令は当然まだ効力がある。皇帝は死んだが皇后は行方がわからない。皇后が存命なら、そのうちきっと静羽を探せと全土に手配する。そうなったら最後、嵐静は逃げられない。今度こそ殺されるだろう。皇后はどうなったのか。それを知るのは皇后を探しに炎の中へ入っていった嵐静だけだ。

「舞光は……皇后の剣の正体が灯嵐静だって知っていたんだよね」

舞光は返事をしない。

「誰がなにを知っていて、どんな嘘をついているのかまだよくわからない。俺はなにもかもを忘れているからね」

「翔啓、お前……」

「兄上。俺は舞光がどんな嘘をついていてなにを隠しているのか知りたいよ」

兄の嘘も、灯氏を憎む気持ちも、全部沁氏を守るためなのだ。わかるから苦しい。

「なにがあったか全部知りたいとは思う。でも、いまは嵐静の傷が癒えて元気になることが一番の望みだよ。俺がなくした記憶を取り戻したところで役に立たない」

「……この男を放り出すこともできるのだぞ」

やはりわかってもらえないのか。諦めかけたそのとき、部屋の戸がゆっくりと開いた。舞光とともに入口を見ると、入ってきたのは雪葉と、彼女に支えられた舞元だった。

「翔啓。戻ったのか」

「そ、宗主！」

舞元に駆け寄る。智玄が流彩谷へ来たときよりもいくらか顔色がいい。雪葉の手を放し、舞元は自分で歩いて部屋の座椅子に腰掛けた。雪葉は舞光になにか言葉をかけて、部屋を出て行った。

白髪交じりの頭髪を品よく結い、寝間着姿の上に防寒の上着を羽織って、舞元はじっと寝台で眠る嵐静のほうを見ていた。

出て行けと言われるだろう、きっと。翔啓は覚悟した。舞光を説得できないのに、舞元が許すはずがない。ここを出て、どうする？　そんな猶予があるのか？　侍医殿での手当でも目を覚まさないのに、ここで治療をできないなんて。最悪は瑠璃泉の使用も禁じられてしまうかもしれない。そうしたらもうどうしようもない。

翔啓は唇を噛む。

「……灯氏の若君。よく生きていたものだ」

舞元の言葉に翔啓は息を飲んだ。よく生きていた、とは嵐静がいままでどうしていたのか知っているということだ。

「……宗主。嵐静を覚えていらっしゃるの……ですか？」

「おかしなことを言うな、翔啓。いくらなんでも灯に若君がひとりいたことを忘れんぞ。そこまで老いぼれてはいないつもりだ。友人の息子だからな。翔啓、お前は幼かったが私は全部覚えておる」

全部な、と舞元は呟いた。

「父上、いま翔啓に言い聞かせておったのです。こんな、沁に災いをもたらす者を屋敷に置くなんて、私は賛成できません。大変なことになるかもしれません……！」

舞光が訴えたが、舞元は表情を変えなかった。ひとつ深呼吸をし「舞光、翔啓」とふたりを呼んだ。

「嵐静を治療してやれ」

舞元はそう言って、翔啓を手招き「ここへ座れ」と言った。

「雪葉と銀葉《ぎんよう》に治療を頼め。私が言っていたと。沁の薬と瑠璃泉も使用しろと」

「宗主……ありがとうございます」

「父上！」

叫んだのは舞光だった。

「なぜそんなことを！」

「舞光。ここへ置いてやれ。理由や経緯はどうあれ、翔啓を助けたのは嵐静だ」

「ですが……」

「見殺しにするな。そんなことをするのは十年前のあの出来事でたくさんだ。我々も罪を犯したのだから」

「父上……」

「舞光。雪葉に話してきなさい。私は翔啓と少し話がしたい。準備をしたなら戻ってきなさい」

舞元にそう言われ、舞光はなにか言いたそうにしていたが「わかりました」と翔啓の部屋を去っていった。

我々も罪を犯したと舞元はいった。

誰がなにを知っていて、嘘をついているのか。すべてわかったとき、なにかが崩れてしまわないだろうか。翔啓はなぜかそんな恐怖に駆られた。

「舞光は時期宗主だ。沁のことを一番に考えるのは当たり前だ。だから、あの子が考える将来と、厳しくお前に接してきたことをできれば理解し……受け入れてやってほしい」

　想像もしていなかった舞元の言葉だった。翔啓は緊張で体が強張《こわば》る。

「そんな、舞光は尊敬する兄です。厳しいのは当たり前だし、虐げられたことはありません。いつも優しいです。受け入れるもなにも、俺は舞光を支えたいと思っていますから」

　血の繋《つな》がらない兄の舞光は、ずっと翔啓を大切にしてくれた。だから恩を返したいと思っているし、その気持ちに嘘はない。羨光と光鈴のことも含めてだ。岩香熱《がんこうねつ》で孤児となった翔啓をここまで育ててくれた恩は忘れていない。

「翔啓。舞光がお前にしたことも、許してやってくれ」

　なんのことだろうか。翔啓は首を傾げる。

「許すってなんですか？　舞光は許されないことなどしていません。……許してほしいのは俺のほうです。迷惑ばかりかけていますから」

　そうか、と舞元は消え入りそうに返事をした。

「そうです。だから、俺が皇太子殿下と友好関係を築けたこと、やっと皆が喜んでくれるのかなって思っていたのですから。沁にとって悪いことじゃないし」

黙って聞いている舞元はずっと難しい表情のままだ。

「まぁ、俺がいい年をして子供っぽいから、殿下は心を許してくださったのかもしれません。あ、決して殿下を子供扱いしているわけではありません。むしろ殿下のほうが大人でいらっしゃいますし」

翔啓が茶化していると、舞元は首を横に振る。

「宗主？　どうしたのですか？」

「お前の、記憶のことだ」

「俺は胸の怪我をしたせいで記憶がないのでは？」

「違う」

翔啓の言葉を否定し、舞元は目を閉じしばらく沈黙した。そしてなにかを決めたように口を開いた。こちらを見た舞元の瞳は流彩谷に吹く風のように澄んでいた。

「……お前の記憶がないのは、舞光がやったことだ」

「え……？」

一瞬、舞元の言葉の意味がよく理解できなかった。胸の傷に手を当てる。

「この怪我のせいでは……」

違う、と舞元はまた首を振る。皇后から受けたこの怪我の影響ではなかったのか？

「嘘だ。俺の記憶がないことと舞光は無関係なはず。考えたこともありません！彼のせいだなんで、なにかの間違いでは」

「間違いではない。……悠永城へ行ってからだな。お前が過去を探っている様子だと舞光も心配していた。どこまで知ったのかわからんが。翔啓、お前の記憶に舞光は手をかけたのだ」

頭の奥に針で刺されるような痛みが走る。

「嘘ですよね」

舞光のせいってどういうこと？　怪我のせいであってほしかった。まさか、ずっとそばにいてくれる一番心を寄り添える人が？

「嘘ではない。翔啓。舞光はお前に記憶をなくす薬を飲ませた」

思わず舞元から目をそらして、嵐静を見る。彼は静かに眠っている。

「薬って……なにがなんだか……どうして。嘘でしょう？　舞光がそんなことをするなんて、なぜですか？」

「お前を救いたかったと」

「救うって、なにからですか？」

「悲しみや苦しみからだ。私は止めたが、どうしてもと聞かずに舞光はお前に記憶を消す薬を飲ませた。襲われたことも、瀕死《ひんし》の重傷を負ったことも。苦しみは全部忘れさせてやりたかったのだと」

舞光の愛情は感じていたし、感謝もしていた。兄として愛している。愛しているというのに、この苦しさはなんだ。

怒りや悲しみを持てばもしかしたら楽なのだろうか。心の奥にできた、白布に落とした一滴の墨のようなものは、喪失感だ。

「舞光がお前にしたことは義弟への労りではなく、支配だ」

灯氏を厭《いと》う感情から来ているのか。だとしたら悲しすぎる。

「舞光は俺の苦しみを取り除くために薬を飲ませたのですか……？　そんな」

「そうだ。お前の大切な友が、名を変えて後宮にいることも」

目の前が暗くなり、呼吸ができなくなった。

舞光がこんなことをしたのは、翔啓のせいだ。いうことを聞かなかったから。

「嵐静との思い出は悲しく苦しいことじゃない」

「翔啓よ。止められなかった私を許してくれ。すまないと思っている」

「い、いいえ……宗主は悪くはありません。舞光だってそうだ。俺のことを支配しようと思ったわけじゃないでしょう。誰もなにも悪くないんです」

「傷が癒えてから、無邪気に笑って暮らすお前のことを幸せそうに見つめる舞光の様子に、もう黙っていてやろうと思ったのだ。朗らかな弟のことを守ったのだと、信じて疑わない。彼の中には迷いもなければ、罪の意識もないのかもしれぬ」

皆が心に秘密を抱えているあいだ、なにも覚えていない翔啓はただ笑って暮らしていたのか。

「お、俺は……」

言葉が続かず、体に力が入らない。まさかそんなことが自分の身に起きていたなんて。舞光が記憶を消したなんて。

「お前がいつまでも、よくいえば奔放で無邪気で……過去の記憶がないせいかもしれんな。必要以上に自嘲することはないよ。時を止められたのだ。兄の手によって」

舞元は翔啓の手を取った。

記憶がないことで自分の輪郭がはっきりせず、常に笑って誤魔化していた。どうでもいい、大切なのは未来だ、なんて言いつつ、無意識に恥じていた。それと同時に昔を追い求めていたのかもしれなかった。

「十年前から時間を奪われ続けた嵐静と似ているようでもあり、逆なようでもあり。そこが一度違えたのにまた惹《ひ》かれあう所以《ゆえん》なのかもしれん……とは私の勝手な思いだが」

「宗主……」

ふう、と舞元はため息をついた。顔色がよさそうではあったが、長く話すと疲れてしまうだろう。

「宗主。お体に障ります」

「大丈夫だ。今日は調子がいい」

「……思えば、宗主とこんな風に話をしたことはなかったかもしれません。嵐静のこと、本当にありがとうございます」

「ここはお前の家でもあるのだよ。ひとまずは治療に専念しなさい」

わかりました、と翔啓は返事をした。舞元の表情も穏やかだ。

問題は山積みではある。しかし、舞元の言うとおり嵐静の治療に専念しなければ。

「翔啓、嵐静のことはあとで銀葉と雪葉にも診させるが、どうなろうと運命だ」

「わかっています。状態はあまりよくないのです」

「友を助けることで止められた時を進めることができるなら、心に従いなさい。そして思い出を埋めていけばいい」

　再会によって、嵐静との記憶はなにひとつ戻っていない。夢のようなものを見たが、それはおそらく記憶ではなく美化された願望に近い。記憶を取り戻すには、やはり嵐静が必要だった。

「宗主。どうしてそこまでしてくださるのです」

「お前は私の友の忘れ形見だ。だからこれは私の勝手な自己満足なのかもしれん」

　あなたの息子ではない、という言葉を翔啓は飲み込んだ。

「言うことを聞かず舞光に怒られるたびに、私はお前に駄目な子だと言った。覚えているかわからんが……」

　そういえば、悲しくてひとり部屋で泣いていた覚えがある。いつの間にか、宗主の言うとおり駄目な子だから仕方がないと、宗主の実の子ではない、ひとりぼっちになった親のない子なのだから、だから駄目な子なのだと納得するようになった。

「死んだ父の思いを忘れては駄目だよと、伝えればよかったな。きちんと。ずっと大切にともに生きたかったのに逝ってしまった父の思いを忘れるなと。無駄にしては駄目だよと」

　いまは亡き翔啓の父と舞元のあいだにどんな友情があったのかはわからない。幼なじみの死を思い出させてしまうのは忍びなく、体に障ることはしたくなかった。

「今更言い訳をしても仕方がないな」

「いいえ……宗主とこんな風に話をするのは初めてですね」

「そうだな」

「俺、宗主から嫌われるのが怖かったんです。俺を見たら悲しいことを思い出すんじゃないかと、気にしていました」

「思い出さないといえば嘘になる。だが、お前は最初から私になついていなかった。舞光にばかりまとわりついて。だが、それは私自身のせいだ」

舞元は「仕方がないな」と笑った。揺れた肩が弱々しく、父が生きていたらこんな感じだったのだろうなと考え、ほぼ覚えていない父と母を思い呼吸が熱くなった。

部屋の戸が叩《たた》かれ「失礼いたします」と声が聞こえた。雪葉だった。

白く滑らかな手で薬箱と小さな甕《かめ》を抱えて入ってきた。翔啓は立ちあがって、重そうだった甕のほうを持ってやる。中身はおそらく瑠璃泉だ。

はやくこれを嵐静に飲ませてやりたい。しかし、ここへ連れてきたからには勝手に嵐静へ触れることは許されない。舞元が銀葉と雪葉親子に任せたのだから。

翔啓は甕を寝台のそばへ置いて床に座り、嵐静の寝顔を覗《のぞ》いた。すう、と寝息が聞こえる。

雪葉は宗主に茶を出していた。

「宗主。若様は薬湯を煎じるために作業部屋へはいられました。私と父で翔啓様のご友人のことを診ます」

頼む、と舞元は頷いた。

「それと、ついさっき知らせを持って早馬がきたのです」

「知らせだと？　どこから？」

「悠永城からです。受け取ったのは若様で、私に宗主と翔啓様に伝えるようにとおっしゃったのです」

「なんの知らせですか？」

翔啓が聞くと、雪葉は「ふたつございます」と指を二本立てた。

「ひとつは、皇后陛下は依然行方不明だということです。後宮の火災の混乱に乗じた誘拐の可能性も含めて、捜索を続けるそうです」

皇后から逃げるためだったとはいえ、翔啓と嵐静は後宮の火事に無関係ではない。だが、逃げる余裕があったのにそうしなかったのは皇后だ。留以がいたのに、それを振り切って燃える建物に戻ったのだ。

誘拐、と聞いてすこしだけ背筋が冷える。嵐静がひとりでここにいるのにそれはあり得ないのではないか。

「ふたつめは、皇帝陛下暗殺の犯人を捕らえたとのこと」

翔啓は息を呑んだ。捕らえられただと？　舞光も同じく目を丸くしている。

「焼け跡から皇后の剣のものと思われる仮面が発見され、そばに焼けた性別不明の遺体があったそうです」

仮面は嵐静のもので間違いないだろう。皇后は行方不明、そして仮面とともにあった焼死体とは？

「兵士数名から、逃げる静羽に傷を負わせたという証言もあり、死体は体の自由がきかず逃げ遅れた静羽と断定されたということです」

ふ、と翔啓は吐息を漏らす。断定されたのなら、城外に捜索が広がらない。

「……その焼死体、行方不明の皇后陛下である可能性はないのですか？」

「翔啓様」

とんでもないことを、と言いたそうな雪葉の表情だ。しかし、ここは流彩谷。誰かに聞かれたところでなにも影響はない。

「俺だけじゃなく、誰しもが考えると思うのですが」

「私にはそこまでは……」

雪葉は申し訳なさそうに首を傾げた。それもそうだ。直接遺体を調べたわけでもないのだから、わからないだろう。

「ご遺体を調べたのはおそらく侍医殿の方々でしょう。同じ医者としての考えですが、性別不明ならば激しく燃えてしまっているのですね。これはどうしようもありません。それに、憶測ですが……皇后陛下であるならば黄金の装飾品があったはずでは？」

翔啓は文机《ふづくえ》の引き出しに仕舞った翡翠の簪を思い出した。

「なるほど、さすが雪葉先生！」

「考えつくことを申しあげたまでです。一緒に燃えてしまっている可能性もあるのでしょうけれど」

雪葉はそういうと、立ちあがる。

「お伝えしましたので……それでは私、仕事をいたしますね」

舞元に一礼し、雪葉は薬箱を持って嵐静に近寄る。寝台そばの窓を細く開けた。

脈を取って、衣を脱がす。嵐静は肘から先と膝から先、そして腹には真っ白な包帯が巻かれてある。あらためて見ると、あちこちに打撲の痕や出血、肌の赤身が見られ、満身創痍《まんしんそうい》であることがわかる。

こんなに傷だらけで、よく自力で後宮を出られた。

大地に横たわっていた嵐静を抱き起こしたときの、ぐったりとした体の重さを思い出して、喉の奥が詰まる。気づかれないように翔啓は口元を拭った。

雪葉は無言で瞼を開けてみたり頬に触れてみたり、嵐静の体をあちこち触って状態を調べた。

「頭部に傷はなし。目が少々赤く、だいぶ煙を吸っています。顔の火傷は軽度、ですが手足が重度。他はそうでもありません。顔と体は衣などで守られましたが手足は丸出しで火の中を歩いたのでしょうか。着ていた衣は?」

「手当のために捨てました。湿っていたようでしたから、水をかぶったのだろうと」

「そうですか。腹の傷がいちばん酷いですね。一カ所だけじゃないですし」

「一カ所だけじゃないんですか?」

ええ、と雪葉は頷く。翔啓が嵐静の体をくまなく調べて手当したわけではない。

本当は腹に複数の傷があったのに、たぶん嵐静は隠した。長紅殿の炎に入っていく前に嵐静の体に触れたのは翔啓だ。あのときもっときちんと見てやるべきだった。

「傷を負ってから時間が経っています。侍医殿での手当が丁寧で、腹の傷や火傷の化膿《かのう》はみられませんが、血を流しすぎていますね」

「火に包まれ崩れ落ちそうになっていた建物にいたんです……外で力尽きて倒れていたところを見つけました。どれだけの時間、火の中にいたのか、どうやって逃げてどのくらいのあいだ倒れていたのかわかりません。見つけてすぐに瑠璃泉を飲ませたんです。少しだけ」

「なるほど、それでもっているのですね……飲み込んだということはいくらか意識があったのかも」

「侍医殿でも同じことを言われました」

ふむふむ、と雪葉は顎に手を当ててなにかを考えている。舞元が「雪葉」と声をかけた。

「瑠璃泉を使いなさい。火傷によく効く。銀葉と相談してみたらどうか」

「さようでございますね。宗主の許可をいただければ利用したいと思います」

瑠璃泉で治療ができる。手足の火傷も腹の傷も綺麗《きれい》に治るに違いない。

「いくらか希望が持てるでしょうか。侍医殿で、助からないかもしれないと言われたんです」

翔啓は思わずため息を漏らした。すると雪葉は翔啓に向き直る。

「それは、正しいです。諦めてはなりませんが、安心はできません。絶対に」

「……そう、ですか」

「目を覚まさなければ、なんとも言えません」

倒れていたときから一度も目を覚まさない。手を握り返すこともない。強い意思のある眼差《まなざ》しが思い出されるのに、抜け殻みたいだ。触れなければ、呼吸と脈を確かめなければ、本当に。

「覚悟はしておいてください」

ぎゅっと胸を摑まれるような雪葉の宣告。

大丈夫だ。きっと回復する。俺が信じないでどうする。嵐静は回復のために眠っているのだ。

「翔啓様。少し気になるのですが」

「なんでしょうか?」

「ご友人を見つけたとき、なにかを持っていたか、もしくは……誰かを背負っていませんでしたか?」

やはり体の状態からわかるのか。さすが流彩谷の名医だと心の中で敬服した。燃え盛る建物に戻っていったことは話していない。なんのためだと疑問を持たれることは避けたい。だから言葉を濁すしかなかった。

「俺には彼がなにをしていたのか……よく、わかりません」

「そうですか。気のせいだと言ってしまえばそれまでですが」

「どういうことですか？」

雪葉は言おうかどうか考えているようだったが「気になるのです」と眠る嵐静に視線を落とす。

「火傷が軽度なのです。背中と首回りだけが、ほかの場所よりも。なにかを担いでいたか背負っていたのではないかと」

翔啓は無言で首を振る。雪葉はそれ以上なにも聞かなかった。

嵐静の着替えを翔啓も手伝った。汚れている包帯は取り換え、薬を使う。すべて終わらせて再び雪葉は嵐静の脈を見る。

「本日はこのままお休みに。翔啓様もあまりご無理なさらず」

「ここは俺の部屋だから、嵐静と一緒にいます。なにかあったらすぐ声をかけます」

承知しました、と雪葉は頷いた。そして舞元に「宗主、お薬の時間です」と声をかける。

「もうそんな時間だったか。では行くとしよう」

舞元はゆっくりと立ち上がり、部屋の入口へ向かう。雪葉が先に部屋を出ると、舞元は翔啓を手招いた。

「宗主、どうされました?」

こほ、と舞元が咳《せき》をしたので背中をさすってやる。彼は嵐静のほうを指差した。その手は深い皺《しわ》が刻まれている。

「翔啓。嵐静が目を覚ましたなら、私から伝えることがある」

「……はい」

「もし嵐静が助かるなら、私にはやらねばならぬ役目があり、彼は私が伝えることを知る権利がある」

「宗主?」

舞元の瞳が涙に濡れるのを見逃さなかった。じっと空を見つめ、なにかに思いを馳《は》せている。なんのことかと尋ねるのも憚《はばか》られる雰囲気だった。

「承知しました」

辛うじて翔啓はそう返事をした。翔啓の肩をぽんと叩き、舞元は雪葉とともに部屋を出て行った。

嵐静が眠る寝台のそばへ、静かに座る。雪葉が治療中に細く開けていた窓を閉めて、嵐静の額に手を当てた。

舞元がいう伝えることとはなんなのか、翔啓には想像もつかなかった。

「ここは流彩谷だよ。もう安心だ。さっきまで宗主と雪葉がいたんだよ。宗主に会ったことは……目覚めたら聞くけど。宗主は覚えているようだったよ？」

雪葉はね、流彩谷の名医で凄《すご》く美人。舞光と雪葉は恋仲なんだ。ふたりは隠しているようだけれど。

「嵐静、あのな」

涙が頬を伝って落ちた。

たくさん声をかけよう。導かれて目を覚ますかもしれない。嵐静がこの世から離れていかないよう、ずっとそばで名を呼んでいよう。もう偽らなくてもいいのだから、真実の姿で本当の名で生きていけ。

「嵐静、はやく元気になれ」

目を開けてくれ。

第二章　水火《すいか》の縁《えにし》

体を揺すられて翔啓は浅い眠りから目覚める。肩に誰かの手が置かれており、まさかと思って顔をあげた。

「こんなところで眠っては風邪をひくぞ、翔啓」

翔啓を起こしたのは舞光だった。嵐静は眠ったままだった。雪葉が嵐静の包帯を交換しにきてくれたのが夕餉の前。夕日が空を染めていたところまでは覚えているが、いまは部屋が真っ暗だった。

「舞光か……ごめん、うっかり寝ちゃって」

「……明かりもなしで。夕餉の席に現れないからどうしたのかと思ったぞ」

舞光が部屋の燭台《しょくだい》に火を灯《とも》してくれる。座卓には盆に載せた料理が置かれてある。

「どうして自分用の寝台を用意しないのだ？」

「考えてなかった」

「馬鹿な。彼がここに来てから数日そうして寝ていたのか？」

普段翔啓が使う寝台には嵐静が眠っている。予断を許さない状態だからなるべく起きていたくて、寝床の確保など気にもしていなかった。話しかけているうち床で眠ってしまうのだ。

「そんなことをしていたらお前のほうが参ってしまうよ。用意させよう」

「ありがとう」

背伸びをして立ちあがって、翔啓は料理が置かれた座卓へ向かう。

「まずは夕餉を。食べ終わったら、浴場へ行きなさい」

「ひょくじょう?」

つい口に食べ物を入れたままで聞き返す。舞光は寝台を指差した。

「彼に、瑠璃泉の沐浴《もくよく》を行う」

瑠璃泉は流彩谷を統治する沁氏管理下の重要な資源。基本的には皇族に献上しているが、金を払えば誰でも瑠璃泉を手に入れることはできる。嵐静に瑠璃泉の沐浴を行えるのは、宗主の舞元が許可してくれたからだ。

「……ありがとう、舞光。急いで食べるから、ちょっと待っていてくれ」

「私が手を貸すわけではないから感謝はしなくていい」

冷たい舞光の物言いに、つい箸を止める。舞光は嵐静を一瞥《いちべつ》すると座椅子に座る翔啓のそばに立った。

「父上の決定に従っただけ。お前にこのことを伝え、夕餉を持ってきただけだ」

「舞光」

彼は部屋を出ていこうとする。

「待ってよ。舞光」

翔啓は舞光の後を追った。

「私は己のしたことを間違っているとは思わない。翔啓、お前を苦しみから救うためだった」

「舞光、俺……」

「だから、私は嵐静に手を差し伸べない。死のうが生きようがなんとも思わない。許しもしないし感謝もしない」

「……舞光は真実を知っているの？」

「真実なんてあるのか？　そもそも、嵐静しか知らないことばかりじゃないか？　私は興味がない」

翔啓がどう言おうと、舞光の拒絶は揺らがない。

「もし彼がこのまま目を覚まさなかったら、お前はどうするつもりだ」

足を止めた翔啓に、舞光は背を向けたままで問う。

「物言わぬただの植物のようになった男とどう生きる」

「どうもしない。俺は嵐静をひとりにしない。きっと回復してくれると信じているから」

「回復しないかもしれない。……死んだら、どうすると聞いている」

考えないようにしていることを突き付けられ、思わず舞光から視線を逸《そ》らす。

「それでも……もうひとりにしないよ。嵐静はずっとひとりだったんだから」

本心だ。舞光になんと言われようと。馬鹿にされようと。

舞光はしばらく黙って次の言葉を探している様子だったが、部屋の戸を開けた。

今夜は月の出ていない夜だ。

「私が従うのは父上、守り助けるのは我が家族と氿の一族だけだ」

戸に手をかけたまま、舞光は振り返って翔啓に微笑《ほほえ》む。

「お前のことを不幸にする男に触れるなど、私はできない」

兄の背中に触れようとして、翔啓は手を引っ込めた。

「俺は、舞光。嵐静を助けたい」

振り向いた舞光の唇が、そうか、と動く。頭上にある漆黒の夜空がまるで落ちてきそうだ。

「……浴場で銀葉が準備をしてくれている。雪葉は隣の部屋にいるそうだ」

「う、うん」

「はやく行きなさい」

去っていく舞光を見送って、翔啓は自室に戻る。

十年前に止められたこの体は、また歩き出そうとしている。嵐静の命と共に。

翔啓は食事を半端にして、立ちあがった。戻ってから続きを食べればいい。腹は空いていない。翔啓は棚の引き出しから鋏を取り出し、懐へ入れた。

寝台から嵐静を抱き起こして背負う。嵐静の体はいくらか痩せた。痩せたが彼の体は温かい。生きているぬくもりを確かめながら、翔啓は浴場へと向かった。

到着すると銀葉が椅子に座り腕組みをして、舟を漕《こ》いでいた。

「先生、銀葉先生」

翔啓がそっと声をかけると、銀葉は「はっ」と慌てて目を開けた。待ちくたびれてしまったのだろう。

「銀葉先生、お待たせしてすみません」

「私としたことが。居眠りをしてしまいました」

「俺もさっき部屋で居眠りしていて、舞光に起こされました」

ふたりで苦笑する。

こちらへ、と銀葉に導かれて奥へと進む。床には敷布が敷かれてある。

「まず衣を脱がせるので、ここへゆっくりと降ろしましょう……そうそう」

こんな風に体を動かされたところで、嵐静はなんの反応も見せない。心配になって何度も首に触れてしまう。大丈夫、きちんと脈はある。

「銀葉先生、着替えはどこに?」

「雪葉が。隣室で待機しております」

敷布に嵐静を仰向けに寝かせ、銀葉とふたりがかりで衣を脱がしてゆく。

「包帯もすべて取ります。火傷にも腹の傷にもまんべんなく瑠璃泉がいきわたるように、浴槽へ寝かせましょう」

銀葉の指示どおり、深い青色をした瑠璃泉に嵐静の体を沈めていく。胸や首に瑠璃泉をかけてやった。腹の傷からじわりと血が滲《にじ》みだしている。

「しばらくこのまま。私は隣室で着替えの支度をしてまいります」

銀葉はよっこらしょと立ちあがった。

「銀葉先生、なにも聞かないんですね」

「……いまは治療に専念したほうがよろしいかと思いましてな」

「こんなに傷だらけで瀕死の人を治療しろなんて。どこの誰かもわからないのに」

「どこの誰かもわからないからといって助けないなんてことはありません。それに、翔啓様のご友人でしょう。翔啓様が一生懸命助けようとなさっているのですから。我々は助けます。医者なので」

「……ありがとう。銀葉先生」

銀葉が浴場の戸を開けると、少しだけ冷たい空気が入ってくる。

「それに、宗主の心残りで願いでもございますので。すこしでも拭って差しあげたいのです」

また来ます、と銀葉は浴場を出て行った。

静かになった浴場に翔啓と嵐静だけが残される。

嵐静の頭のほうへまわると、長い黒髪を手で梳《す》いてやる。毛先が焦げたままで、乱れていてあまり美しいとはいえない。

「焼けてしまった部分を切ってやるから。綺麗になると思うよ」

持ってきた鋏を懐から取り出して、嵐静の髪を切る。焼けた部分をすべて切り落とすと、なるべく長さを切りそろえてやった。

「こんなもんかな」

浴槽から水を掬《すく》い、髪を濡らして洗い、整えてやる。うん、いい感じだ。

水音が浴場に響く。

奇跡の泉は傷だらけの体を少しずつ癒してくれるはず。翔啓の願いが溶けた涙も、嵐静の上に落ちる。


瑠璃色の水は眠り続ける記憶を静かに湛《たた》える。

火傷はだいぶ癒えてきた。腹の傷も塞がり顔色もよくなった。しかし、彼はまだ深く意識を沈ませて呼びかけには反応しない。

悠永城にはこちらからの文と祝いの品などもきっと届いているころだと思う。即位式が終わり、お披露目は盛大に行われ、王都の洋陸をはじめ国全体が祝賀の雰囲気で包まれていた。

「嵐静、悠永国に新しい皇帝陛下が誕生したんだよ」

十歳と少しの幼帝の誕生だった。

父を殺され、母は後宮の火事に巻き込まれた不憫《ふびん》な皇太子、智玄。

皇帝が不在となる時期が数カ月続いた。混乱を招かないように智玄は気丈に振る舞い、政《まつりごと》を取り仕切る手始めとしてまずは人事を行ったという。後見の外戚《がいせき》は前皇帝の年の離れた弟で智玄の叔父に当たり、名を羅博《らはく》といった。羅博はもともと地位や名誉、果ては政にまったく興味がなく、東部の人里離れた海辺で世捨て人のような暮らしをしていたらしい。

皇帝の命が下ったときに近所に住む者たちは驚いていたという。

智玄は大勢いる側近の大人たちが舌を巻くほど手腕を発揮しているという。彼はもともと聡明で活発、そして勤勉だ。生前の前皇帝からも多くを学んでいたに違いなかった。

落ち着いたら会いに来い、といった具合の文が翔啓のもとに届いていた。もちろんそのつもりだ。智玄が多忙であろう即位直後は避けて、ゆっくりできるときに。

翔啓は寝台から体を起こし、窓を開ける。

もう幾度も朝日と夕焼けのひと時を一緒に過ごしている。雪解けが進み、もうすぐ桜の花が咲く。春の気配を嗅ぎ取るのが早いところは、眠りを覚ますように花弁を綻ばせている。

今朝は髪を梳いてやった。

話をしたかった。十年のあいだの話を。その前のことも。

揺すり起こしたい衝動に駆られるが、急ぐことはない。もう耐え忍ぶこともないのだから。

十年前、翔啓と嵐静の運命は捩《よ》じれて歪《ゆが》み、燃えさかる炎に包まれ分かれ、そしてまた繋がった。

そうだな。

「今朝もよい天気だ」

声が聞こえた気がして振り向いた。

馬鹿だ。何度こんなことをしているのだろう。

瑠璃泉での治療の甲斐《かい》あって綺麗になった頬に、蚊帳《かや》の隙間から差し込む日差しが光の線となって当たり、柔らかな曲線へと変化している。

嵐静はまだ目を覚まさない。

＊　＊　＊

葉桜の頃、数カ月ぶりに翔啓は悠永城の城門を潜《くぐ》っていた。

智玄に会いに来たのだが、翔啓はまるで囚《とら》われの身のよう。常に誰かに見張られ、警備が厳重だった。智玄が皇太子だったときとは違い、そう簡単に会えないのだ。謁見許可が下りるまでに多くの手続きを取らねばならなかった。当たり前だが。これでもきっと智玄が融通してくれたに違いない。

皇帝の住居とその隣に執務を行う建物があり、渡り廊下で繋がっている。もともと智玄が住んでいた建物とは比べ物にならないほどに大きかった。高い階段を上ると、入口に「満和宮《まんわきゅう》」と掲げられていた。

城門で馬車を降りてから次々に案内役の者が替わり、満和宮に入ってからさらにふたり、やっと「皇帝陛下がお待ちです」と智玄がいる部屋に到着した頃には、翔啓は気疲れしてしまっていた。

皇帝の合図があるまでここで待て、と壁のような衝立の前に立たされる。衝立は金糸がちりばめられた悠永国の景色の刺繍が施されている。中心に悠永城が描かれ、ここが地上の中心であることを表現しているのだろう。

「沁の若君が到着されました」

「入れ」

記憶にある智玄の声より幾分低い気がする。翔啓は衝立から顔を出してあたりを見まわした。金と螺鈿細工の大きな執務机があり、そこに少年が座っている。

「殿下……じゃなかった、陛下」

翔啓は衝立の前に出て「拝謁《はいえつ》いたします」と挨拶をした。親しい間柄だと思ってはいるが、智玄は悠永国皇帝となったのだ。いままでどおり気安く接するわけにはいかない。

「皆下がっていい」

下を向いていると、智玄の合図とともに数人が立ち去るような気配がする。人払いをしたのだ。だからといって、失礼があってはならない。舞光と舞元からも「粗相をしないように」と釘《くぎ》を刺されている。

「翔啓、いつまでそうしているつもり？」

だいぶ近くで声が聞こえたので顔をあげると、目の前に智玄が立っていた。

「……は、はい。陛下、ご機嫌麗しく」

「麗しいよ。とっても会いたかったよ！　翔啓、元気にしていたか？」

頬を撫子《なでしこ》色に染めて微笑む智玄を見て、腹の底から安堵のため息が出た。

「陛下、お元気そうでなによりです。心配をしておりました」

「ありがとう。心配させて済まなかった。もう大丈夫」

己の胸を叩く智玄は無理をしていると一目でわかる。

「あの混乱下で朕も身動きが取れなくて、翔啓を探しにいくこともままならず。会えないままに流彩谷へ帰してしまった。翔啓は火傷などしなかったのか？　……今更の話ではあるが」

智玄はふっと笑う。その仕草が実に大人びていた。伏せた長い睫毛が影をつくる目元、言葉を紡ぐ木の実のように丸い唇はやはり皇后にそっくりだ。

「俺はかすり傷ひとつなく。大変だったのは流彩谷に連れ帰った友人のほうです」

「……嵐静、か」

智玄が一瞬「静羽」と言いそうになるのを見逃さなかった。

「嵐静の怪我は酷かったのか？」

もう治っているのだろう、という意味が込められた智玄の問いだった。

「一命は取り留めましたが、ずっと眠ったままなのです」

「なんだって」

翔啓は警戒して視線を泳がせる。それを見て、智玄は顔を寄せろと指で合図した。

「誰もいないが、念のため小さな声で」

智玄の指示に翔啓は頷く。

「……あの日、陛下たちとはぐれたあと嵐静は燃え盛る皇后陛下の寝所へ入ったのです。生きていたら助ける、死んでいたら軀を運ぶ、と」

智玄は目に涙を浮かべて「そうだったのか」とため息をついた。

岩香熱で滅亡したことになっている灯氏。しかし実際は殲滅《せんめつ》令で皆殺しだ。智玄はそれを知らない。

翔啓は懐から上物の細長い飾り木箱を取り出して、智玄に差し出した。

「……これは？」

「ご覧になってください。陛下ならばそれがなにかおわかりのはず」

智玄は木箱を開ける。すると「これは」と表情を変えた。

母上のものだ、と智玄の目が語っている。やはりそうか。

血と煤で汚れていたが、流彩谷の宝飾職人に手入れを頼み綺麗にしてもらった。職人は「実に素晴らしいお品ですので、手間がかかります」と料金を上乗せしてきたので、翔啓は黙って支払った。

「嵐静はそれを持って倒れていました。ひとりで」

「ひとりで？」

「はい。ですので……」

はっとした。なにを言おうとしたのかとぞっとしてしまう。その続きは翔啓が決めるものではなかった。

「嵐静は母上と一緒ではなかったのか？」

「わかりません。俺が見つけたときはひとりだったのです。嵐静に確認しないとなんともいえないのです」

智玄は「誰か来てくれ」と呼ぶ。駆けつけた側近たちにむかって「出かける」と言った。

「輿《こし》はいらない。歩いていく。留以を呼べ」

指示された者たちは、持ち場に散った。

「翔啓、天気もいいことだし、外で話そう」

留以とはあの日以来連絡を取ることはしていない。彼がいなかったら嵐静はもしかしたらあのまま命を落としていたかもしれなかった。会えると思うと心が弾む。

智玄について執務室から出る。うしろからぞろぞろと人がついてくるが、このまま行くのだろうか。満和宮から表へ出ると、階段の下にも何人か並んでいる。

「留以を伴って後宮の改修を見に行こう」

まさかの行先に動揺してしまう。

「入ってもよろしいのでしょうか……陛下はともかく俺は部外者です」

「構わない。朕と一緒なのだから誰も文句をいわない」

たしかに智玄の言うとおりだけれど、気が進まない。なんとなく重い足取りの翔啓だったが、まるで跳ねるように機嫌よく歩き出す智玄についてゆく。

「いま改修と改築中でね。朕はまだ妃《きさき》を娶《めと》っていないからな、後宮はいわば空っぽだ。再編する」

なるほどそういうことか。

智玄は後宮再編についていま考えていることを翔啓に話して聞かせた。建物の名前をすべて変えること、花をもっとたくさん植えることなど。特に北部に自生する植物を集めたいようだった。

「あの、陛下。……涼花殿をご存じですよね？」

「母上の宮女だった者だ。もちろん知っている」

「彼女はいまどうされているのですか？」

「宮女たちは被害のなかった建物で暮らしているはずだが、涼花もそこにいるであろう。翔啓は涼花と知り合いだったのか？」

「涼花は嵐静の友人です」

そうなのか、と智玄はにこやかに頷いた。

「涼花殿は現在どなたか妃殿下にお仕えされているのでしょうか」

いいや、と智玄は否定した。

「父上の妃たちは郷里に帰した。皆、名家の出身であるから、それ相応の待遇でね。以降は父を弔いながら自由に暮らせと」

「全員を帰されたのですか？」

「寺に入れるのはかわいそうだからだ」

しきたりどおりにしなかったということか。きっと多くの反対にあったに違いないが、それでも決めてしまうとは。

「後宮に残り世話役を買って出たいと申す者や、朕の母代わりを望む者もいたが……必要ない。いらぬ争いを引き寄せそうだろう」

智玄以外に子がいないから、彼の寵愛《ちょうあい》を受けたかったのだということは翔啓にも理解できる。智玄の近くにいればお妃選びにも言及できる。一族にいい娘がいれば推挙するだろう。幼帝の将来を左右できる力を持つ先代皇帝の妃の立場でいたかったのかもしれない。

「心穏やかに残りの暮らしを楽しめばいい。朕は母上の代わりなどいらぬ」

行方不明の母を思う智玄の横顔を見ながら、翔啓は仮面のそばにあった焼死体のことを考えずにはいられなかった。

「陛下のそばにはたくさんの人が集まりますから、心を乱されてしまうことも多いかもしれません」

「そのときは翔啓、朕と話をしよう」

「飛んで参ります」

智玄は、そうか、とにっこり笑った。翔啓の後ろに視線が移り、振り向いてみると大きな図体の男が駆けてくる。彼はまず智玄の前で立ち止まってから、こちらに向き直る。

「翔啓殿！」

留以もまた雰囲気が変わっていた。いま皇帝の一番そばにいる武官となったのだ。

「留以殿。お元気そうでよかったです」

「翔啓殿も。その……あれから体のほうはなんとも？」

言い淀《よど》む留以に「ええ」と笑顔で返事をする。

「俺は元気です。かすり傷ひとつありませんでしたから」

「そうでしたか。あのあと……」

留以が立ち話を始めようとしたとき「朕を無視するな」と智玄が留以の背中を軽

く叩く。

「はっ、申し訳ございません。翔啓殿と久しぶりにお会いしたのでつい」

「久しぶりなのは朕も一緒だ。独り占めはいかんぞ、留以。朕をのけ者にして大人の会話をしようとしたって無駄だからな」

智玄が背伸びをして留以に詰め寄った。留以は参ったという顔をして翔啓に助けを求める。ふたりの関係は微笑ましいが、ここで智玄にへそを曲げられても困る。

「陛下が一番です。悠永国の誰よりも」

宥《なだ》めようとそう言うと、智玄は詰め寄るのをやめて満足そうにふたりの前に立つ。

「積もる話は現場視察をしながら。行くぞ、ふたりとも。朕についてこい」

そして後ろに手を組んで歩き出した。留以がじっとりと目を細めて見てる。

「留以殿。俺なにかおかしなことを言いましたか？」

「翔啓殿はたぶん、一番の存在がたくさんいる気がします」

留以の意図することがわからなくて首を傾げる。

「言い慣れています」

「そんなことはありませんが」

「翔啓殿って、たちが悪いですね……」

「一番に一番といってなにが悪いんですよ！」

「わ、悪くはないですけれど……参りました」

「なにが参りました、ですか。そりゃ、留以殿にとって一番は涼花殿しかいませんものね」

「そのとおり。……いまちょっと離れていますが」

涼花の名を出すと留以は肩を落とし、寂しそうにため息をついた。

「離れているとは？」

前をゆく智玄に聞こえないように、留以は小声で「後宮にはいないのです」と言った。

「もしかして郷里に帰された妃殿下のひとりに仕えて？」

「そうらしいのですが、彼女からの文には詳しく書いていなくて。陛下は人事の詳細を把握しておられるのですが、ひとりの女子の行方を聞くわけにもいかず」

「どうしてですか？　聞けばいいのに」

留以は「まったく」と呆れ顔である。

「なんでもかんでも強引に巻き込む翔啓殿とは違うんですよ……。管理部門に問い合わせても、妃殿下たちの身の安全のためだとかでいくら陛下の側近でも教えるわけにはいかないと突っぱねられて」
おや、と思う。先程翔啓が聞いたことと違うではないか。
では智玄の認識と涼花の所在は違っているということか。母親の宮女だったとは
いえ、何千人もいるうちのひとりを気にはしていられないのかも。智玄の記憶違い
ということもある。
「彼女からの文には南部にいると書いてありました」
留以がつぶやく。
南部ということは、思い当たるのは花郷地。白《はく》氏出身の妃に仕えているのだろう
か。
翔啓はだんだんと近づいてくる悠永城後宮の高い壁を見あげた。
誰に止められることなく後宮の門を通過する。
作業はしていないのか、人影はなく、積まれた木材と道具などが改修工事中であ
ることを訴えている。
以前見た景色とあまり変わりはない。中央の道、左右に分かれて並ぶ建物。いま
の季節に咲く花、その香り。ないのは主と女子たち。そして後宮の闇に潜んでいた
皇后の剣、静羽の存在。ただそれだけなのに静かで穏やかで、まるであの後宮では

ない感じがした。

先頭の智玄は道の真ん中で立ち止まって、ゆっくりと右から左へ視線を渡した。

「翔啓、留以。ここへ」

呼ばれてそばへ行く。もっと近くにと指示されたので、うしろに並ぶ側近たちを気にしながら智玄の身長に合うようにすこし屈《かが》んだ。

「流彩谷へ早馬が行ったであろう。知らせをふたつ持って」

「はい。皇帝陛下暗殺の犯人逮捕と、皇后陛下が行方不明であること」

翔啓が答えると、智玄は頷く。その後の知らせは特にない。

「皇后の行方が知れないことと皇帝暗殺は別のものだが、どうも母上のことは忘れられがちだ。死んだと思われているからな」

「城内にもそのような声が？」

「うん。遺体の回収が難しいほどに焼けて崩れているのではないかと。建物も崩れてしまったし。でも、黄金の装飾品をつけた遺体は見つからなかった。仮面の焼死体以外はね」

「それは、嵐静が……」

智玄がわかっているといった様子で頷く。

「母上の簪が戻ってきた。しかし母上ご本人は未だ行方が知れない。父上を殺した者は後宮に仕える誰か、比較的皇后に近い者に違いないだろうが……静羽を犯人にしておけば城内の混乱をいくらか和らげることができる」

「陛下、静羽を疑っておられるのですか？」

「違う。逆だ。……噂《うわさ》があるからだ。朕はそちらを静めたい」

「噂、ですか」

「父上は久しぶりに後宮へ渡り、母上の部屋でおひとりのときに毒を盛られている。母上が、後宮へ渡る父上のために人払いをするのは有名だ。ということは、父上の一番近くにいたのは誰だ？」

智玄があまりに悲しそうな眼をするので、翔啓はその問いに答えなかった。

「行方が知れない、ということが疑惑を大きくしている。朕はそれが辛い。母上はそんなことをしない」

静羽が犯人と証言していたのが皇后であるのに、この場にいないというだけで疑われている。ただ、涼花の証言にもあったが、皇帝を毒殺したのは嵐静ではない。嵐静本人もそう訴えていた。

「仮面のそばにあった焼死体は母上ではないよ」

まるで見透かされたかのように智玄が翔啓を見つめる。

「仮面はたしかに静羽のものだ。朕も確認したからな。だが、焼死体は母上ではない」

「では宮女が亡くなったのでしょうか？」

「女子でもない。男だ」

翔啓は混乱した。また後宮に男？　宦官《かんがん》でもなく？　すると留以が口を開いた。

「後宮の火事では死者は出ていません。後宮内、ではね」

「で、でも。それではその焼死体というのは」

「翔啓殿が見ていますよ。ひとり、運悪く自然の怒りに触れて死体になった者を」

「……え？」

まさか。あの落雷で焼け死んだ兵士？

はっとして留以を見ると「覚えていますか？」と聞いてきた。もちろんだ。翔啓は頷く。

「留以の機転だ。性別が判《わか》らないほどに焼けていて侍医殿の崔が困っていた。骨を調べればわかるが、時間がかかると。それに、少しでも手柄を立てようと、静羽に剣を浴びせたと名乗り出る兵士が多数いたから、手負いのために火事から逃げ遅れたと朕が結論を出した。犯人は死んだ。これでもう皇后の剣はいない」

「静羽は犯人じゃない」と疑わなかった智玄は、母親も守りたいのだ。

「男だったなんてね」

智玄は小声で翔啓に言った。智玄は素顔の嵐静に会っている。

「男だったなんて、驚きました」

「本当にな。朕も驚いている」

「死体の話です」

翔啓が笑うと智玄も吹き出した。

「母上はどこにおられるのだろう。会いたい」

「嵐静が目覚めればわかるのだと思います。きっと行方を知っているはず」

「助けたのだろう?」

そうだと伝えてやりたいが、確実ではないので返事はできない。翔啓は曖昧に頷く。

「朕は後宮を再編する。ここを、緑と青をたくさんちりばめた場所にする」

緑と青は翔啓の義妹、光鈴が好きな色だ。智玄の生きる理由、前を向く原動力がもしかしたら光鈴なのかもしれなかった。

「翔啓。嵐静が目覚めたなら、朕にすぐに知らせよ」

智玄が方向を変えて、後宮の門へ歩き出した。ぞろぞろとお付きの者たちも移動する。翔啓も留以とともに後宮をあとにする。

振り向いて、生まれ変わろうとしている場所を眺めた。

燃えて崩れた悠永城後宮を、甘い香りを含む風が吹いていく。


流彩谷へと戻ってきて、数日が経った。

朝から絹糸のような雨が降っていた。翔啓は昼餉のあと自室で本を読んでいたが、眠ってしまい肌寒さで目が覚めた。開け放たれていた部屋の戸を閉めるために座椅子から立ちあがる。ここから見える舞光の作業部屋からは湯気はあがっていない。

屋敷全体が静まり返っている。

嵐静にもう一枚掛布を重ねようか。風邪をひかせてはまずい。

「嵐静、寒くないか。いま掛布を持っていってやる」

寒くはない。

雨音の隙間に消え入りそうな声が聞こえた気がした。いつもの空耳だろうか。いつもの、とは話しかけるときに嵐静ならばこう返事をするのではないかと想像しているからだ。それがいつしか癖になって、勝手に会話を成立させていた。

「誰だ？」

今度は雨音に消されず翔啓の耳に届いた。空耳ではない。寝台を振り向くと、嵐静が目を開けてこちらを見ている。

「嵐静っ」

足を縺《もつ》れさせながら彼に駆け寄ると、その手を握った。二度、三度と瞬《まばた》きをした嵐静は、ぼんやりとした表情で、けれどもしっかりと目を開けていた。

「……誰」

誰だ、と嵐静がもう一度言う。

「わ、わかる？　俺だよ、翔啓だよ。嵐静、わかるか？　俺のこと」

長いあいだ眠っていたのだから無理もない。記憶を確かめるようにして、彼の手は翔啓の指を握り返す。

「翔啓……翔啓なのか」

何度も想像していた。名を呼ばれるのを。いままさに嵐静の声が翔啓に届く。

「そうだよ。俺のこと忘れちゃったんじゃないだろ？」

嵐静の頬に水滴が落ちる。濡らしているのは己だと気がついて、翔啓は涙を拭った。

「私を忘れているのは……きみだろう」

「はは、そうだった」

「……泣いているのか？」

「泣いてないよ」

「翔啓……怪我はないか」

「なに言ってるんだよ。俺はどこもなんともない。酷い怪我だったのはあんただ」

「そうだったか」

「……俺のこと、わかる？」

「わかる。ちゃんと声は聞こえている」

「よかった。本当に」

「私は……生きているのか」

どうして、と乾いた唇が動いた。

誰かを呼ばないと。今日に限って雪葉は来ていない。自室の戸から顔を出すと屋敷の者が通りかかったので「光鈴を呼んでほしい」と声をかけた。すぐに戸を閉めて嵐静のもとへと戻る。

「ゆっくりでいいんだよ。慌てなくていい。あ！　喉渇いているだろう？　いま茶を淹《い》れるから。待っていて」

火鉢にかけていた鉄瓶を素手で摑んでしまい「あっつ！」と悲鳴をあげた。

落ち着け。慌てているのは俺のほうだろう。しっかりしろ。

騒いだら嵐静が驚く。ゆっくりと穏やかに過ごさせてやらないと。わかっているのに、何度も想像して練習をしたのに、嵐静の目覚めは突然で、気が動転している。

茶を淹れて嵐静のところへ戻る。彼は寝台から起きあがろうとしていて、体のどこかが痛むのか顔をしかめた。背中をさすってやる。

「無理をするなって。ずっと眠っていたんだから」

「どれぐらい眠っていた……？」

嵐静の声はかすれている。

「数カ月。ぐっすり眠っていたよ。あんた、よほど寝不足だったのか？」

嵐静はくすりとも笑わない。黙っていろとか、やかましいとか言われるのを期待していたが。

「俺、うるさいよね。目覚めたばっかりなのに騒がしくてごめんな」

「いや……翔啓。ここはどこだ？」

「沁の屋敷。俺の部屋だよ。ちゃんと宗主に許可をもらっているから大丈夫だよ。いていい」

　嵐静は自分の両手を見つめて、握ったり開いたりしている。

「手当をしてくれたのか」

「うん。瑠璃泉で体の火傷はよくなったよ。本当に酷い怪我だったんだ。腹のほうも。傷跡を消すことはできないけれど」

「そうか……」

「ほら、茶を飲めよ」

　盆に載せた茶杯を、彼は受け取ろうとしない。

「嵐静？　どうしたの。いらない？　酒のほうがいい？」

「いや、ありがとう」

　久しぶりの友との会話に、翔啓の心は躍った。目覚めた。よかった。助かったんだ。ただその幸福だけが心を満たしていった。

「嵐静。よかったな。もう大丈夫だな」

「世話を……かけた」

「なに言っているの。気にするなって」

ほら、ともう一度茶杯を差し出す。ふっと動いた嵐静の手が盆に当たって、茶が床にこぼれる。

「嵐静！　火傷しなかったか？」

「す、すまない」

「いいや。目覚めたばかりで無理はない。こぼれちゃったから淹れなおすよ」

床に転がった茶杯を拾い嵐静を見ると、彼は何度も瞬きを繰り返している。目をこすり、手のひらを見つめ、また目をこする。

「どうしたの？　どこか痛むのか？」

声をかけると嵐静は怪訝《けげん》そうにこちらを見る。

「いや。痛くはないが」

「どうしたんだよ」

「……翔啓。なぜ明かりをつけない？」

嵐静の赤味がかった瞳がじっと見つめてくる。

なにかがおかしいと、その時に気がついた。嵐静の視線は揺らぎ、翔啓をいつまでもその視界に留《とど》めない。

「嵐静」

声をかけると彼は鼻先をふっと移動させる。翔啓の声がするほうへ。そして視線は翔啓をとおりすぎていく。

「なぜ真っ暗にしているのだ？」

伸ばされた嵐静の手が空を切る。再び伸ばされて、翔啓の顔の前で止まる。

「明かりをつけてくれ、翔啓」

俺は目の前にいるのに。


「嵐静……まさか」

眠りの淵《ふち》で繰り返されていた翔啓の声は、いま確かに嵐静の耳に届いている。しかし、夢の中にいるのかと思うほどに朧気《おぼろげ》だった。

なにも見えない。彼の姿を捉えることができない。どういうことなのか理解するのに時間がかかり、恐怖を感じる。うまく息ができなかった。

「嵐静。目が……見えないのか」

闇の濃さが変わる。頬になにかが触れる。翔啓の手だった。彼の手を摑み、腕を辿って肩、首、頬に触れる。唇に触れれば指に吐息がかかる。

「嘘だろ。嵐静？」

「……見えない」

指先が濡れるのがわかる。翔啓は泣いているらしく、興奮した彼の吐息が熱を持つ。その涙を止めてやる術《すべ》がない。ごつ、と額に当たるのは翔啓のそれだろうか。

泣き声と湿った吐息が嵐静の唇に触れる。

「私のために泣かなくともいい」

「だって、あんた……目が。どうしよう、俺はどうしたら……」

「いい。もういい」

よくないよ！　と翔啓は声を荒げた。

「い、一時的なものかもしれない！　いま舞光を呼んでくるからっ！　雪葉先生と銀葉先生っていう流彩谷の名医もいるんだ」

「翔啓、待て」

「きっと治せるから、心配しないで」

「待て！」

腕からすり抜けようとする翔啓を摑まえる。どっちを向いているのかもわからない。その体を乱暴に引き寄せるしかなかった。嵐静の横に倒れこんだらしい翔啓が舌打ちをしている。

「あんた、ずっと眠っていたわりに力がすごいな……」

鼻水をすすって、翔啓は無理に笑っているようだった。

「……舞光様は、私を、なんと」

「なに？」

「私のことを、なんと言っておられる？」

「なにを気にしているんだよ！　いまは体のことだけを考えてくれ。あんた目が見えてないんだよ？　舞光がなんと思っていようと関係ないよ」

関係なくはない。翔啓は知らないのだ。

あの舞光がどれほどに嵐静を嫌い、憎んでいるのか。大切にしている弟に、運命を左右するようなことをしたか。

「十年前、私はきみを巻き込んだ。舞光様は私を恨んでおられる」

「恨みなんて！　だからなんなんだよ。たしかに巻き込んだのかもしれない。でもそれは嵐静が悪いわけじゃない。どうして全部自分のせいにするんだ」

また翔啓の声が湿る。この男はなんと泣き虫なのだろうか。

「ねぇ、嵐静。俺の言うことを聞いて養生してくれないか。あんたの体はぼろぼろだったんだぞ。死ぬかもしれなかったんだ」

「しかし……」

「翔啓兄！」

そのとき、若い女子の声が聞こえた。駆け寄ってくる足音もする。翔啓の妹か。

咄嗟に嵐静は顔を背けた。すると翔啓の手が肩に添えられる。

「心配いらない。ここはもう後宮じゃない。嵐静でいていいんだ」

声のするほうに顔を向ける。翔啓の声が光みたいに温かい。

「翔啓兄、どうなさいましたか？　あっ」

妹は可愛《かわい》らしい声で驚いて「よかった」と小さく呟く。

「光鈴。雪葉先生たちを呼んできてほしい。宗主にも知らせてくれないか」

「わかりました」

「ま、待ってください」

止めようと手を伸ばしたらそっと制される。足音が遠ざかり、戸が閉められる音がした。光鈴は部屋を出て行ったようだった。

「嵐静。なにも心配しなくていいから」

翔啓は手を握っていてくれる。心が解《ほぐ》れていくようなぬくもりだ。これが安心というものなのか、しばらく忘れてしまっていた感覚だった。

ほどなくして複数の足音が部屋へと入ってくる。緊張して体が強張った。嵐静は挨拶をしようと寝台から立ちあがろうとした。

「無理なさらず、そのままで結構です。若君、私は銀葉。こちらは娘の雪葉です」

「……嵐静と申します」

本当の名をこのように他人に伝えることすら後宮ではありえなかった。そばに人がいる。皆が嵐静に注目している。誰かの気配が動くたびに身構えてしまう。短剣はどこだ。いつも携えていたものについ手を伸ばしてしまうが。懐を探ってもあるわけがない。

当たり前だろう。ここをどこだと思っている？　翔啓に迷惑がかかる。屋敷を出なければいけない。出口はどこだ。体の奥が緊張で埋め尽くされる。呼吸が浅くなっているのがわかる。

その時、誰かにそっと手を握られた。翔啓だ。

「嵐静。大丈夫だ」

すぐそばでその声が聞こえると、張り裂けそうになっていた心がすっと軽くなるのがわかる。

後宮という檻《おり》を出たらこんなにも脆《もろ》いのか。己の弱さに腹が立つ。皇后の剣だ、後宮の亡霊だなどと恐れられていたくせに、笑わせる。いまじゃひとりで歩けもしない。添えられたこの手だけが頼りだと認めてしまうことが怖かった。「目覚めたのですか」と低くかすれた年配男性の声がした。「ひと安心です」と心地よく透きとおった声もする。

「お体を診ますぞ」

銀葉の指はかさかさとしていた。

嵐静は言われるがまま身を任せる。背中、腹、手足などあちこち確認をされた。腹に複数の傷があって特にわき腹には深手を負っていたはずなのに、どれも塞がっている。どんな病も治すといわれる瑠璃泉の話は嘘ではなかった。

しかし、嵐静は体を強張らせた。こんなふうに触れられることは恐ろしい。息を止めていたので「ゆっくりと深呼吸をしなさい。落ち着いて」と諭される。

「これが見えるかね」

「……いいえ」

「これはどうかね」

首を横に振る。顔の前でなにをされているのかもわからない。

「これは？　蠟燭《ろうそく》の火が見えるかね？」

「明るさはなんとなくわかります」

「目に目立つ傷はなさそうなのだが」

「お父様、私が確認したときも傷はございませんでした」

「とはいえ実際この若君はなにも見えておらぬようだ。炎と煙の影響を受けたことは間違いないからな」

あんなに酷い火傷だったのだから、と銀葉はため息を漏らす。

「緊張しているようだね。これは心を落ち着ける香りの薬茶だ。飲んでごらん」

銀葉が手に茶杯を持たせてくれる。たしかにいい香りがする。嵐静は言われたとおりにその茶を飲みほした。腹の底にじんわりと温かさが広がった。

「どうかね？」

「美味しいです」

それはよかった、と銀葉は肩をさすってくれた。「瑠璃泉で目を洗うことと、薬も用意しましょう」と雪葉が言うと、「ありがとう、雪葉先生」と翔啓。「翔啓様、すこしお話が」と雪葉が誘うと、翔啓が立ちあがる気配がした。嵐静に繋がれていた手が離れていく。

「嵐静。食べ物と薬を貰ってくる。あと宗主にも話をしてくるから、すこし待っていてくれるか」

「ああ」

「ひとりで大丈夫?」

「平気だ。子供ではない」

闇の中に放り出されたような気がして、どっと冷汗が噴き出る。複数の足音は遠ざかり、部屋を出ていく。戸が閉まる音がすると、気配も声も消えてねっとりとした空気の幕が全身に貼りついたようだった。

ついさっきまで知らない人たちが体に触れていて、全身の感覚が研ぎ澄まされていた。いまひとりになって、不安は膨らむが感覚が鈍重になっていく。

銀葉がくれた薬茶のせいだろうか。体の力が抜けていく。目を閉じると強い眠気に身を任せた。

目が覚めた。なにも見えないのは変わっておらず、心が沈んでしまう。

翔啓の声が聞こえていたような気がする。

彼は部屋に戻ってきたのかもしれないが、嵐静が眠っていたのでまた出て行ったのだろうか。

「翔啓」

返事がない。では夢だったのか。

しばらく己の呼吸だけを聞いていた。重苦しく、額の汗が頬を伝って顎から落ちる。

手を伸ばしてみるが、指先はなににも触れない。

すぐそばで鳥が鳴いた。驚いてそちらを向くと、どうやら部屋の窓が開いているようだ。風が吹いて木々が揺れる。葉のこすれる音が嵐のように耳に突き刺さってくる。

後宮にいたとき、暗闇を移動するなどいつものことだった。耳を澄ませ音だけを頼りに標的に近づくこともあり、なんなくこなせた。しかし、あれは目が見えているからこそ、補助の能力であったのだ。明かりがなく視界が利かないのと、視力をなくしているのとではわけが違う。まるで身動きが取れない。

「翔啓」

呼んでみたところで、返事があるわけがない。そばにいないのはわかっている。

嵐静は寝台を這《は》い出た。よろよろと立ちあがると、すり足で数歩進んでみた。右の脛《すね》をなにかにぶつけた。座卓だろうか。左足を前に出すと今度は敷物かなにかで滑ってしまい、尻もちをついた。

振り向いて手を伸ばすが、這い出た寝台がどこにあるのかわからない。

待っていろと言われたではないか。これでは聞きわけのない幼い子供だ。

床を這っていくと壁に突き当たる。壁を伝って立ちあがりゆっくり歩を進めてみた。手に触れる壁の素材が変わった。これはきっと障子。格子に指を引っかけ力を入れるとすっと横に動いた。隣の部屋？　いや、外だろうか。風が頬を撫でていく。足を踏み出すと、段差に蹴躓《けつまず》いて転んでしまった。

沁の屋敷は来たことがないからわからない。いま自分がどんな格好をしているかも想像ができない。

翔啓以外の誰かに出くわしたらきっと迷惑がかかる。戸を閉めようとしたところで、誰かに腕を掴まれた。

「……翔啓か？」

問いかけに答えないその人物は、嵐静を立たせた。手のひらの温度が違う。翔啓ではない。

「なにをしているのですか？」

冷たい声が耳に吐かれた。知らない、と思ったが年月を経てすこしだけ変化をした、聞き覚えのある声だ。

「舞光……様……」

「ほう。わかるのですか」

甘い息が鼻にかかる。すこし強引に腕を引かれ、逆らわずについていくと、うしろで戸が閉められた。腕は摑まれたままだった。どうやら部屋に戻されたらしい。

「久しぶりですね」

舞光は嵐静の腕を取ったままでそう言葉をかけてきた。

「……お世話になっております。手当をしていただいてありがとうございます」

礼を言うと「別に話をしにきたのではない」と突っぱねられた。

「きみは目が見えないのだそうですね」

「……はい」

「では武術が得意ではない私でも、きみをいくらでも傷つけることができるわけですね」

摑まれている手に力が入る。

あの日、嵐静の前で翔啓に薬を飲ませた、冷たく憎しみの籠った目が忘れられない。

「舞光様……」

「嘘です。そんなことをしたら翔啓が、あの子がどうにかなってしまう」

「ご迷惑をおかけして申し訳ありません。翔啓が無事でしたら、私はそれだけで。彼が元気でいてくれれば」

「呪いのようにそんなことを言い続けるのはやめなさい」

「呪い……？」

「あの子はきみのことばかり考えて、まわりの反対を押し切って危険を顧みないのです。きみのこととなるとどれだけ無鉄砲になるか知らないでしょう。きみは後宮で女子のまま一生を終えるはずで、翔啓の記憶は消したのです。それで安泰のはずでした」

舞光は「まったく」とため息をつく。

「悠永城へ翔啓を連れていかなければよかった。本当に後悔していますよ。まさか会うなんて思いもしなかったものでね」

「それは……偶然です。私から会いに行くつもりなどありませんでした」

「嵐静、きみはもう自由なのでしょう。ならばこんな場所に留まらずどこにでも行けばいいでしょう」

出ていけ、と言っているのだ。

無論、ずっと沁の屋敷に置いてもらおうと思っているわけではない。ただ、長いあいだ眠っていて感覚が戻っておらず、目も見えず、自分の体をうまく使えない。心の整理もつかない。

「もちろん、出ていきます。このままお屋敷でお世話になろうなどと思っていません」

そう訴えると舞光は嵐静の腕を放した。ほっとした次の瞬間、どんっと突き飛ばされた。咄嗟に受け身を取ったが倒されたのは布団の上。寝台に戻されたのだ。

「嵐静」

舞光の声が降ってくる。見あげると、今度は首を摑まれた。

冷たい手にどんどん力が込められていく。

「きみのことなど本当は見たくない。この綺麗な顔でどれだけ恐ろしいことをしてきたのでしょうか……汚らわしい。いくら命令とはいえ」

「舞光様」

「汚れた魂であの子に触れないでほしい」

抵抗しないのか。舞光は耳元で囁《ささや》いた。返事をしたくても、呼吸がままならない。

「皇后の剣よ。私のことなど片手で始末できるでしょう。武器などなくても」

突き飛ばせば済む話だ。目が見えずとも手の届く範囲なら素手で殺すこともできる。けれど嵐静にはどうしてもできなかった。舞光に憎まれる覚えがないなどとは思わない。

「ぶ、舞光……様」

「どうしてあの子はきみのことなどかばうのだろう。危険を冒してまで」

このまま絞め殺されるのかもしれない。

血が巡らない頭が徐々にぼうっとしていく。

「いまひと思いに殺したいが、それもできない。あの子の大切にしているものだから」

遠のく意識の中で舞光の声を聞いていた。

嵐静は再び闇に落ちていく。

第三章　水の記憶

一緒に食べようと思い、ふたり分の夕餉を用意してもらった。手伝うという光鈴と共に部屋に戻ると、嵐静はまだ眠っていた。少し前にも薬を持って部屋に戻ったのだが、そっと声をかけてみても反応がなかった。

智玄には、嵐静が目覚めたらすぐに知らせと言われているが、視力をなくした事実を伝えたら気に病んでしまうだろう。いますぐ知らせるわけにはいかない。少なくとも視力の回復が見込めるようでないと。

「お休みになっているようですね、嵐静様」

「そうだね。緊張しているみたいだから、無理もない。銀葉先生が飲ませた薬湯で昼からずっと眠っているんだ」

「安心していただきたいですね。あ、お茶もここに置きますね」

光鈴は座卓に夕餉の支度を整えてくれている。翔啓は寝台に近づいて、嵐静の様子を窺った。整った寝息、閉じられた瞼。また目覚めなかったらと不安になる。掛布が乱れていたので直そうとした。ふと嵐静の首に目を留める。ひっかき傷のようなものがついていた。

「なんだこれ」

「翔啓兄、どうしましたか？」

光鈴がこちらへ歩み寄ろうとしていた。咄嗟に翔啓は「眠っているから」と人差し指を立てた。光鈴も同じように、撫子色の唇の前に人差し指を立てた。

「なんでもない。光鈴、ありがとう。あとは俺がやるよ。部屋にお帰り」

そうですか、と微笑んで光鈴は静かに部屋を出ていった。

嵐静のそばへ腰を下ろすと、寝間着の襟をずらす。やはり首が赤くなっている。自分でひっかいたかなにかしたのだろうか。翔啓は棚の引き出しから火傷の治療のときに使っていた軟膏《なんこう》を取り出してきて、そっと嵐静の首に塗ろうとした。指が肌に触れた瞬間、手首を掴まれた
「……起こしてしまった？」

少し前まで後宮で身を潜める生活をしていたのだ。寛《くつろ》いでほしいと思っても、張りつめている気持ちはそう簡単に柔らかくならない。

「翔啓、戻ったのか」

「うん。少し前にもどってきたんだよ。眠っていたから起こさなかった」

「……そうか。なにをしている？」

「首、なんかひっかき傷がついて赤くなっているぞ？　こんなのなかったぞ」

「そうか。寝ぼけて掻いたのかもしれない」

「いま軟膏を塗っている。あと目薬もするから、じっとしていて。しみるかもしれないって雪葉先生が言っていたけど、我慢して」

嵐静は軟膏を塗っているあいだも目薬のときも大人しくしていてくれたが、小さくため息をつくのが気になる。

「終わった。どこか具合が悪いところがあれば言ってよ」

ない、と呟いて嵐静は体を起こした。寝間着が気になるのか襟元を直している。

彼は自分がどんな格好をしているのかわからない。衣の合わせを整えて帯を結びなおしてやると、どことなくほっとした様子だ。寝台から出ようとした嵐静は匂いを嗅いでいる。

「夕餉の時間だよ」

「……私はそんなに眠っていたのか？」

「うん。腹が空いているだろう？　一緒に食べよう。料理はこっちにある」

手を引いて座卓まで案内をする。

「寝台から十歩」

「歩数を数えているのか？」

「覚えないといけない。戸はどこにある？　教えてくれないか」

「そっか。じゃあさ、このまま庭へ行こう。そこで夕餉にしようか」

誘うと、嵐静の口元がすこし緩んだ。寝間着のままで外に出すわけにもいかないので、上着を羽織らせて廊下に出る。

「あれ、嵐静。ここまで何歩？」

「十五、だろうか。それぐらいだ」

「寝台から？　それとも座卓から？　いち、に、さん……」

思わず引き返してしまう。一緒に歩数を覚えようと思ったのに。

「翔啓、混乱するだろうが」

「ご、ごめん！」

謝ると、嵐静はふっと笑って空を見あげた。

「月が出ているのか？」

「うん」

本当は出ていない。明るさを感じるのだとしたら、中庭に灯された松明《たいまつ》だ。しかし、嵐静が今夜を思い描くなら満月の夜がいい。

東屋《あずまや》に嵐静を座らせて、翔啓は料理を持って急いで戻った。嵐静は椅子に座ってぼんやりと空に顔を向けている。

「ほら、嵐静。食べよう」

「あ、ああ……ありがとう」

嵐静のために、箸ではなく匙《さじ》を用意した。器も大きめのものに料理を数種類。ゆっくりと、嵐静は食事をした。途中、美味しいと呟く。

正直、眠る嵐静を見ていると、また目覚めないんじゃないかと不安になる。顔色もいいし怪我も治ったのだ。だから、大丈夫なのに。

「嵐静、屋敷の料理は口に合う？」

「とても美味しい」

「よかった。腕がいい料理人が自慢なんだ」

「そうだったな。あのときも屋敷から食事を持ってきてくれたたな」

思わず食事の手を止める。黙っている翔啓に気づいた嵐静も匙を置く。

「すまない」

「なんで謝るんだよ。嵐静はなにも悪くない。忘れている俺が悪いんだ」

「……きみのせいではない。私が余計なことを言った」

「余計なんてことあるもんか。教えてほしいよ。一緒にいたときの出来事を全部」

胸の傷に手を当てる。この傷は血を流すだけでなにも教えてはくれない。

「正直、誰になにを聞いて知っても俺は過去を思い出せない。だめみたいだ。古傷が血を流すのに、嵐静をどうやって助けたのか、なぜ怪我をしたとか、ひとつも。自分が嫌になる」

「翔啓、それは」

「思い出せないから、だから教えてくれよ。嵐静が覚えている俺との過去を。苦しいことだけじゃなくて、楽しかった思い出もあるだろう？」

思い出、と嵐静は呟いた。

「……きみは、本当に相変わらずだな」

「ゆっくりでいい。ほら、時間だけはたっぷりあるだろ。嵐静は静養、この屋敷は俺の家だし」

な、と言うと嵐静はふっと笑った。

「翔啓、酒を飲んでいるのか？」

嵐静が鼻を鳴らした。

「わかるのか?」

「匂いでな」

「病みあがりの嵐静に酒を飲ませたら銀葉先生たちに怒られる。だから俺だけちょっと。久しぶりなんだよ。我慢していたから」

「月見酒ということか」

真っ暗な空を見あげて「そうだな」と話を合わせる。ひとくち酒を口に含み、香りを味わってから飲み込む。腹の奥が熱くなる。嵐静の体と心がもう少し癒えたなら、一緒に酒を酌み交わしたい。そしてゆっくり語り合いたい。ささやかな願いだった。

「ほろ酔いついでに、あんたに話があるよ」

嵐静は注意深く器と匙を置いた。

「俺に預けたものを覚えているか?」

翔啓は懐からあるものを取り出した。

「戻るから待っていてくれとあんたは言ったんだ。大切なものを俺に預けて」

これ、と翔啓はそれを嵐静の手に握らせる。

「母上の指輪……」

「忘れていただろう？　これを俺に預けて、戻ってくると約束した」

「そうだったな」

見ることができない指輪を、嵐静はいつまでも触っていた。まるでそこに母親の手があるかのように。

「嵐静。一緒に悠永城へ参内しよう」

なにを馬鹿な、と嵐静はため息をついている。

「馬鹿なことだとは思っていない。皇太子の……現在は皇帝陛下だ。俺、嵐静が眠っているあいだに呼ばれてお会いしたんだ」

とても小さな声で嵐静は「そうか」と返事をした。

「陛下には嵐静は流彩谷にいることを伝えた。目を覚ましたら会いたいとおっしゃっていた。だから嵐静、陛下に拝謁を」

「……翔啓。私のことを話したのか」

「当たり前だろう。自分の母親を助けるために燃え盛る建物に入っていった友人を心配しないわけがない」

苦悶《くもん》の表情で顔を背ける嵐静は「だめだ」と吐き捨てた。

「私は陛下に会いにいけない。無理だ」

「陛下はあんたに会いたいはずだ」

嵐静は翔啓の説得に頷かず、暗い目をしている。

「あんたが会えない理由は、皇后陛下の行方に関係しているんだろう」

沈黙がふたりを包む。ふと顔をあげた嵐静はその視線を翔啓に向けた。後宮にいたときと同じ目をしている嵐静に、言葉がでなかった。

「きみのところに戻らずに外へ出たのは、保身から取った行動だ」

「保身ってなんだよ。嵐静？」

「私は……捕まりたくなかった」

「まさか……皇后陛下は……」

助けられなかったのか？　口にするのも憚られる。なぜ戻って来ずに、ひとりで壁の外へ出ていったのか。保身とはなんだ。

長紅殿にあった焼死体は男。留以の機転で置かれた兵士の遺体だ。皇后のものではない。

「嵐静。なにがあったのか教えてくれないのか？　ひとりで抱えて……助けられなかったのなら軀はどうした？」

嵐静は返事をしない。智玄に顔向けできなかったから？　だからひとりで出たのか。あの場所で、たったひとりで尽きようとしたのか。

「約束は守れよ。ひとりで死のうとするなよ。あんたは生きていていいんだ。もう追われることもない」

翔啓は言葉を切って、ため息をつく。

「静羽は死んだんだ」

「どういう意味だ」

「言葉どおりの意味だよ。建物から焼死体が見つかった。仮面のそばにあったものだ。皇帝暗殺の犯人である静羽は手負いで逃げ遅れて、死んだんだ」

「……陛下が結論を下されたのか」

「そうだ」

「なぜ」

「皇帝暗殺の犯人が皇后であるとの噂があるからだ。陛下はそれを静めたいと」

嵐静は考え込むようにまた押し黙る。

「陛下はこうおっしゃっていた。先帝は皇后陛下の部屋でおひとりのときに毒を盛られている。皇后陛下が人払いをするのは有名な話だそうだ。この時に先帝の一番近くにいたのは誰だ？」

智玄が、母を守るため、そして静羽こと嵐静を思うが故に真実を隠し捻《ね》じ曲げたのだ。翔啓自身は先帝を殺したのは皇后だと思っている。智玄には言えないが、皇后が生きているのであれば問いただすべきだと思う。しかし、嵐静がなにも教えてくれない。

もしかしたら皇后はもうこの世に存在しないのかもしれない。そう考えると嵐静の苦悩が増えただけはないかと、胸が重苦しくなってくる。

「翔啓。私の体のことは陛下にお伝えしたのか」

「いや。嵐静が視力をなくしていることは、陛下のお心を慮《おもんぱか》ると知らせるわけにはいかなかった」

嵐静もきっと知らせないで欲しいと言うに違いない。彼は黙ったまま視線を漂わせている。

「俺はあの日、待っていたよ。ずっと、嵐静が戻ってくるのを。燃え盛る長紅殿へ入っていくあんたのことを止められなくて、悔やんだ。外で倒れているのを見つけて、本当に恐ろしかった」

「すまない」

「謝るな。謝ることを禁止する！」

「……なんの権限できみは私を禁じる？」

言い返してきた嵐静の様子にすこし嬉しくなってしまう。

「だってさ、もうやめようよ。責めているんじゃないんだ。話をしよう。なんでも話せればいいと思ったんだ」

「わかった……きみが望むなら私もそうしていきたい」

口元に笑みを浮かべる嵐静は、とても穏やかだった。

夜空はどこまでも深い。なにもかもを吸い込むように漆黒が広がっていた。

＊　＊　＊

目を覚ましてからひと月。嵐静は部屋の中と庭先なら翔啓の手を借りずとも歩けるようになった。歩数を覚え、音や匂い、手触りなどでわかるらしい。銀葉と雪葉の許可が出れば、流彩谷の麓の街に連れ出してもいいかもしれない。

顔色もよくなり、日に日に強くて凜々《りり》しかった姿を取り戻していく。目が見えていないことを除いては。

銀葉と雪葉の治療も空《むな》しく、嵐静の視力は戻らないままだった。

翔啓がもうひとつ気になっていたのは、舞光のことだった。顔を合わせればいつもと変わらず、笑い話もするが、この部屋を訪ねてくることはしなくなった。あきらかに嵐静に会うことを避けている。それがわかるだけに、これから先のことを考えないわけにはいかなかった。嵐静も、この部屋から不用意に出ることはしないし、翔啓に誘われなければ中庭の東屋で過ごすこともない。

そんなある日、朝餉を終えたあと翔啓は嵐静とともに舞元に呼ばれた。ふたりで部屋へ行くと、舞元は床《とこ》から体を起こして茶を飲んでいた。

「翔啓、嵐静。来たか」

空気が重い。薬草の匂いもするので、舞元が飲むのは薬湯だろう。嵐静は舞元に向かって「お世話になっております」と深く礼をした。

「宗主。お加減が悪いのですか？　朝餉の席にいらっしゃらないので心配で」

「いいや。昨夜少し眠れなくて明け方まで本を読んでしまった。寝過ごしただけだ」

おそらく嘘だと思う。あまり調子がよくないのだろう。

嵐静は翔啓のうしろに隠れるようにして座り、黙ってふたりの話を聞いていた。気配を消すかのようにしている嵐静に舞元は声をかけた。

「嵐静、様子はどうかね」

「おかげさまで元気になり……普通に生活できております」

「そうか。顔色もよさそうだな」

「はい。ありがとうございます」

「目は、相変わらずか」

「……申し訳ございません」

「謝らずともよい」

嵐静は努めて舞元に顔を向けようとしている。失礼にならないようにとの努力なのだろう。

舞元は咳をひとつし、遅かったか、と呟いた。

「支度をしたら、三人で出かけよう」

「舞光ですか？　では俺が声をかけてきます」

「いや、私とお前と嵐静だ」

「嵐静……？」

意外なことで、翔啓は首を捻った。舞元が嵐静を連れ出すなんて。治療かと聞くと、舞元は否定した。

「治療ではないが、表向きはそういうことにしておけ。銀葉を伴う」

隠してまで出かけなければいけないなんて、いったいなんなのだろう。急に不安になってくる。

「翔啓、覚えているか？　嵐静が目覚めたら伝えることがあると」

そういえば、と翔啓は顔をあげた。

「今日、伝えようと思う。だからふたりとも支度をしなさい。外に馬車の手配をしている」

「馬車？　遠出をなさるのですか？　お体は……」

「大丈夫だ。今日は調子がいいのだ」

「宗主！　では舞光にも声をかけて参ります」

翔啓が立ちあがると「待て」と止められる。

「舞光には話すな。あれはなにも知らない」

「なんですって。舞光が知らないとは？　宗主、いったい……？」

舞元はふらりと立ちあがる。気配を感じ取った嵐静もそちらに顔を向けた。舞元は嵐静をじっと見下ろして、手を差し伸べた。指先が震えている。

「……行先は瑠璃泉の岩場だ」

沁氏の許可がなければ立ち入ることは許されない、瑠璃泉の源泉がある場所。子供のころに舞光にくっついて行って、おもしろく思ったことはあった。いつだったか無断で岩場へ近づきしこたま叱責された。だから、禁を犯して罰を与えられるのが怖く、自ら足を運ぼうとは思わない。大人になった現在でも同じだ。翔啓は舞元と血の繋がりがないのだから尚更、簡単に行くべきではないと思っていた。

そもそも汲み置きすれば二年は腐らない水。沁の者たちが瑠璃泉を汲みにいくのは年に数回、儀式のようなもの。

なにがあるというのだろうか。胸がざわざわと震える。

翔啓と嵐静は支度をし、屋敷の門を出た。舞元の言ったとおりに馬車が待機していて、銀葉が馬に顔を舐《な》められていた。

「翔啓様。宗主は先に乗っておられますよ」

銀葉は手巾で顔を拭いながら馬車の扉を開けてくれた。乗り込むと、季節外れに厚着をした舞元が迎えてくれる。銀葉も乗り込むと、御者は馬車を出発させた。

舞元は目を閉じている。眠っているのだろうか。土色の顔はあまりに不健康そうで、薄皮が剝がれるように心がひりひりと痛んだ。翔啓は隣に座る嵐静の様子を窺う。あたりに注意を払っているようだった。

なにを考えているのだろう。見えないのをいいことに、つい彼の目を覗き込んでしまう。

「私の顔になにかついているか？」

「……飯粒ついてる」

嵐静が口元を拭おうとしたので「嘘だよ、ごめん」と謝る。翔啓の気配を察知し、嵐静は小声で言った。

「瑠璃泉の岩場、私は行ったことがある」

「そうなのか？　誰と？」

舞元と銀葉のことを気にしながらそっと聞き返すと、嵐静が静かに答えた。

「きみが連れて行ってくれた」

嵐静は軽く微笑んだ。舞元は依然として目を閉じており、銀葉はちらりとこちらを見ただけだった。いまの会話に疑問を持ってなにか問われたとしても、今更動揺することでもない。

馬車で揺られること数時間。瑠璃泉の岩場近くに到着した。石碑と石門があり、長く石段が続いている。ここからは歩かねばならない。

舞元に山道はきつくないだろうか。心配だった。

そんな思惑をよそに、ついて来ようとした銀葉に舞元は「ここで待て」と指示する。舞光が知らないものは銀葉にも見せられないのであろう。そして舞元は先頭に立って歩き出した。

「ふたりとも、私についてきなさい」

まるで枯れ木のような弱々しい体で、舞元は石段を登っていく。

「嵐静、階段だから足元に気をつけて」

「私は大丈夫だ。宗主のおそばに行け。ちゃんと前を見ろ。転ぶぞ」

翔啓は自分の前にいる舞元、後ろにいる嵐静を気にして歩かねばならなかった。

舞元はやはり息が切れるのが早く、途中で立ち止まった。翔啓が背負うといっても聞かず、ずっと自らの足で進んだ。嵐静は見えなくとも階段に躓くことなくついてきていた。

空気が冷え、湿ってくる。水音が近づいてくるのを感じながら、ようやく階段を登りきった。

「宗主。大丈夫ですか?」

「平気だ。瑠璃泉の水蒸気が癒してくれる」

舞元は大きく息を吸い込んで、瑠璃泉の恩恵を体に浴びているようだった。翔啓もそれに倣い、深呼吸をする。

「宗主、急ぐ必要がないのでしたら、すこしここで休んでいきましょう。無理はいけません」

翔啓の提案に、ほうっと深くため息をつくと、舞元は「そうだな」と岩に腰掛けた。持ってきた水筒の茶を飲ませて、背中をさすってやる。その背中は上着の上から触れてわかるほどに骨が浮いている。

翔啓はあたりを見まわした。耳に届く水音が大きい。

嵐静はというと、立ち止まって耳を澄ませているようで、眉間に皺を寄せている。どうしたのだろうか。

「嵐静。大丈夫?」

「……水音が邪魔をして、きみがどこにいるのかわからなかった」

なるほど。とはいっても、水音のない場所はここには存在しない。仕方がないので翔啓は嵐静の手を取った。

「……なんだ?」

「はぐれると困る。岩場から足を滑らせて泉に真っ逆さま、なんてことになったら大変だ」

「大きな声で呼んでくれればそれを頼りにひとりで歩けるが。……この方法しかないのか」

「声とか足音とかは水音に消されるんだろ？　だったらこうしてるってば」

嵐静はなんだか不満そう。

「そんな嫌そうな顔をするなよ。なんか傷つくなぁ。我慢してくれ」

「別に嫌ではない。……宗主の様子は？」

「疲れているから、しばらく休んでいくことにしたよ。ここから、嵐静から見て北西の方向、石の上に座っている」

そうか、とそちらを向いて耳を澄ませているようだった。

ひんやりとした風が吹く。翔啓と嵐静はいいが、舞元にとっては体に毒だ。嵐静になにを伝えたいのかわからないが、早くしたほうがいいかもしれない。舞元は水筒の茶をまた飲んで、空を仰いでいる。特別具合が悪いような様子はない。

嵐静が「きみと」と翔啓に呼びかけた。

「きみと一緒に来たときはこうして階段を登らなかった気がする」

「よく覚えているな。俺はこの階段を使う行きかたしか知らない」

「そうか……道があまりよくなかったように記憶している。後ろを歩く私を何度も振り返るから転びそうで危ないと思った」

「ふうん」

嵐静はいつになく饒舌《じょうぜつ》だ。止めることなく聞くことにする。

「私を匿《かくま》っていたのだ。立入許可など取れるはずがない。いたずら好きなきみは抜け道を知っていたのかもしれないな」

「そうだったかなぁ」

そんな道があったことさえも忘れてしまっているが。

「翔啓、きみの生家から出て瑠璃泉の岩場に向かったんだ」

「生家?」

ぐらりと視界が歪んだように感じた。覚えていることを教えてくれと嵐静に頼んだのは自分だ。それなのに、すこしだけ心がきしむ。これは恐怖だ。

「……俺の生家なんてもう朽ちて存在しない」

伝え聞いた誰かの話ではなく、嵐静本人の口から聞かされるから怖いのだ。

「きみは自分の生家だと、両親との思い出の場所だといって、そこへ私を連れていき匿ってくれた」

「匿う前は? 嵐静はどうしていた?」

「逃げていた」

嵐静の目は翔啓の向こう側を見ている。視線は合わない。

「逃げていて、どうして俺と会ったの？」

「必死で逃げ、気づいたら私は流彩谷へと辿りついたのだ」

翔啓は嵐静を探すため、馬を走らせて紅火岩山《こうかがんざん》へ向かった。そしてこと切れた獣のようなぼろぼろの少年を見つけた。あの風景は願望が見せた幻などではなかったのか。

「……そこであんたを見つけたのか。あの河原で」

後宮の外で傷だらけで倒れていた嵐静の姿と重なる。針で突かれたように、頭の奥がちくりと痛んだ。

「目覚めたらきみがいた。私を助け、怪我の手当をし、食べ物をくれ……しばらく暮らした」

「まるでいまみたいだな」

「そうだ。……あの時だけは穏やかで、楽しかった」

また嵐静は遠くを見る。

「私にとってあの思い出は、なにもかも失ってから得た尊い営みだ。思い出せば温かい気持ちになれる」

嵐静を助け、しばらく暮らしたというその記憶はどうしたら取り戻せるのだろうか。確かな記憶が存在しない翔啓にとって、まるで他人の物語のようだ。願望が連れてきた幻が記憶であったとしても、自分のものと思えない。

息が苦しくなってくる。また古傷が血を流すのではないか——。

「翔啓、呼吸が乱れている」

「少しむせただけ。平気だ」

「……無理をするな。きみが覚えていなくても私は覚えている」

友はずっと苦しんでいたというのに。なにも覚えてないという罪を許し、守ってくれていたのに。翔啓はひとつも返せない。

「嵐静」

「なんだ」

「あんたの目が見えなくなったのは、もとはといえば俺のせいだ。普通に暮らしていたら、あんな場所にいなければ、そんな体にならなかった」

「後宮にいなかったとしても、私は普通には暮らせなかった。なにをもって普通という?」

「そ、それは……でも、俺が匿わなければ、もしかしたら嵐静は別の土地に逃げ延びて静かに暮らしていたかもしれない」

「……なにが言いたい？」

「憎くないのか、俺が」

翔啓がどんな表情をしてどこを見ているかなど、嵐静にはわからない。けれど翔啓は嵐静の顔を見ることができなかった。彼は優しいからきっと嘘をつく。

くすっと嵐静が笑う。思わず顔をあげると、穏やかな表情で翔啓を見ていた。見えてはいないはずだが、視線がぶつかった。

「なんで笑うんだ」

「笑ってはいない」

「笑ったよ。なんだよ」

嵐静は答えない。また、なんで笑うんだよと聞いても無視をされた。だからもう聞くのをやめた。

ほどなくして、舞元はふたりを呼んだ。体が落ち着いたから行こうという。

舞元は、泉のほうではなく木々の生い茂る場所へ入っていった。こんなところになにがあるというのだろう。獣道でさえない。衣に葉や枝を引っかけながらも奥へと進んだ。太陽の光が届かない、薄暗い森の奥は空気が湿って水底のようで、いっそう冷えていた。

「……息が白い」

　自分が吐く息が色を変えていた。

　あそこだ、と舞元が指差したのはなんの変哲もない崖の岩肌だった。見あげると木々が覆いかぶさっていて上の景色は塞がれている。まるで木の天井だ。視線を戻す。岩肌の一部に人の手が加えられているようで、大きく長方形に窪《くぼ》んでいる。なにかを嵌《は》め込むのか？　それか嵌め込まれていたものが取り外されたのか。よく見るとなにか薄《う》っすらと図案のようなものが彫られているのがわかる。

「……宗主。あれは沁の家紋ではありませんか？」

「そうだ。あそこは扉になっており、中に入ることができる」

「入口などどこにも見えませんが」

「まぁそう慌てるな。ついてきなさい」

　驚いた。こんな場所があるなんて。舞元は歩みを進めて岩肌へと近づいた。

「嵐静。よく聞いてほしい」

　おいで、と舞元は嵐静を呼ばわった。

「いまからある場所へ案内する。私はかつてここに大切なものを隠した。ただ、お前は目が見えない。だから、触れることしかできないだろう。それでも感じ取ってほしい」

「……承知、しました」

「そして、どうかわたしの言い訳めいた昔話を聞いてほしい」

舞元はふたりに背を向けて、手のひらを岩に彫られた家紋に押しつける。するとゴゴ、という音を立てて岩が移動し、奥へと続く通路が姿を現した。

「行くぞ、ふたりとも」

舞元に続いて、嵐静の手を引いて足を踏み出す。

「なんてことだ。まるで悠永城後宮みたいだ」

壁が動いたり中が隠し通路になっていたり。人はなにかを隠すときはどうにかして見えないようにするのだな。だからこんな仕掛けが生まれる。悪事を知られたくないときも、大切なものを見られたくない場合も同じだ。

「なにが起きた？　どうなっているんだ？　翔啓、教えてくれないか」

嵐静の手を引いたら、すこし抵抗したようだった。空気が変わったのを感じ、躊躇したのかもしれない。

「ごめん。わからないよな。いま俺たちは聳《そび》え立つ崖に現れた隠し通路に足を踏み入れる」

「崖に隠し通路があるのか。からくりか？」

「そう。岩肌に氾の家紋が彫られていて、宗主が触れたら通路が現れた。幅は広いよ。俺たち三人並んでも余裕。灯火器の明かりを頼りにして宗主が先導してくださっている。暗いからな。奥は……まだ見えない。行ける？」

問うと嵐静は頷いて歩き出した。舞元の足音を追っているのだろう。

どれぐらい歩いただろう。振り返っても入口が暗闇に塗り潰されている。初めて悠永城後宮のあの隠し通路に迷い込んだことを思い出してしまった。あのまま嵐静が後宮にいたならどうだっただろう。とにかく連れ出したい一心だった。ただ、不安になる。

不自由な体になってしまい、本当に幸せなのだろうか。後悔をしているのではないかと。

「なにを考えている、翔啓」

急にどうしたのだろう。嵐静の様子を窺う。

「……なんだよ」

「手に汗をかいている」

思わず繋いだ手を離して衣で拭う。

「あのさ、勝手にひとの気配を探るの、やめてくれない？」

「私は目が見えないのだから仕方がない」

「なにを考えていようと俺の勝手だろう……なに考えているのかわからないのはあんたのほうだ」

「それはよかった。わからなくていい」

「なんだか頭にくるな……」

翔啓は乱暴に嵐静の衣の袖を摑んで歩き出した。

「……行くぞ」

「またなにか自分のせいだとか、悪かったんじゃないかなどと考えているのだろう」

「か、考えてないよ。あんたの思い過ごしだ」

「いいか。私が幸せか不幸かはきみが推し量るものではない。静羽になる道を選んだのも、きみのせいではない。私が自分で決めたことだ」

「う、うん……」

「だからもう悩まないでくれないか」

「すぐには無理かも」

舞元が呼ぶ声がする。立ち止まって話しているあいだに、舞元は奥へと進んでしまった。ここも水音がする。

翔啓は嵐静の手を引いて歩き出す。

「過去に思いを馳せたところでなにも変わらない。私はゆっくりと元に戻りたいだけだ」

ふと、翔啓が記憶を取り戻そうとしていることも、元に戻りたいという願いだと気づく。

「俺、嵐静と同じことを願っているのかも。俺も元に戻りたい。記憶が戻らなくても知ることはできる。前に進むためにも」

「だからいっただろう。翔啓、きみの記憶が戻らなくても、私が覚えていると」

「だったら俺にできることは……ゆっくりと元に戻りたいあんたに寄り添う」

すこし嵐静の歩みが遅くなった。翔啓もその歩調に合わせる。

「犠牲はいらない」

「犠牲なもんか」

「私は……」

「返事はしなくていい。嵐静と同じだ。俺がそうしたいだけだよ」

言い切ると嵐静は返事をしなくなった。それはそれで気になってしまう。

「……嵐静、怒ってんの？」

「怒ってはいない」

「あっそう。たとえ怒られてももう決めたことだけれどな」

「……勝手にすればいい」

話しているうちにだいぶ奥へと進んできた。この奥はなにがあるのだろう。舞元が持つ明かりが揺れており、どうやら扉を開いて向こうに行ったようだ。

舞元に続いて扉から出ると、視界が開けた。扉の向こうは広大な鍾乳洞《しょうにゅうどう》だった。眼下に広がる瑠璃色の地底湖が眩《まぶ》しい。頭上には氷柱《つらら》状の石、地面からにょきにょきと生えている柱が無数にあり、まるで白い森のように見える。岩肌は微かに発光している。視線を移動させるといたるところに小さな地底湖がある。

「こ、ここは……」

美しさの中に微かに恐怖を感じ、翔啓は言葉を失う。何度か深呼吸をして嵐静に声をかけた。

「嵐静、ここはだだっ広い鍾乳洞だ。鍾乳洞を見たことがあるか？」

「ああ。紅火岩山にはないが、幼い頃に父に連れられ流彩谷で見た。観光地にある整備されたところだったが」

「そうか。流彩谷にはいくつか鍾乳洞があるけれど、俺、こんなに広いのは初めて見た」

「声と水音が響いているな」

「耳障りか？」

「いや、美しい音がする」

すう、と嵐静は深呼吸をしている。瑠璃泉の岩場にある鍾乳洞。抱かれた地底湖は瑠璃泉だろう。ひんやりとした空気が気持ちいい。

「ここは、宋静《そうせい》と一緒に見つけた場所だ」

舞元が言う。翔啓は思わず嵐静の顔を見た。

「父上と……？」

「子供の頃の話だ。まだ先代の宗主が存命で我々は好き勝手をして遊んでおった。成長し、お互いに家族を持ち、家督を継いでからは泉遊びなどできなくなったがな」

「仲がよろしかったのですね。父からそのような話は聞いたことがございません。初耳です」

　そうか、と舞元は視線を落とす。

「瑠璃泉の岩場には紅火岩山の者は立ち入ってはならない。沁の統治下で発見されたこの鍾乳洞も沁のものだ。子供だった我々は大人の思惑に振り回されていたな」

「罰せられた、ということですか？」

「そう厳しいこともなかったが、仕置き部屋や食事抜きなどは子供心に苦痛ではあった。結果、私と宋静は疎遠になった。年を重ね、職務以外では交流もなかった。岩香熱が流行するまでは」

　沁と灯は岩香熱撲滅のために協力しあったはずだ。互いに友好関係にあったように見えても、蓋を開けたら違うということか。

　水滴が地面や水面を打つ音が響いている。

「きっかけが疫病とは……」

「私も宋静が懐かしむまま、素直に昔語りをすればよかったのだがな。人は良くも悪くも変わるものだ」

「父も……宋静もそうだったのでしょうか」

「いや。宋静は気持ちのいい男だ。避けていたのは私のほうだ」

「灯氏は小さな一族ですから……」

「ばかな。嵐静、そういう意味ではない。宋静にはなにも非はない。先代宗主が、火を扱う灯氏を嫌っておったから、私は逆らえなかった。父に従ってしまった自分が恥ずかしかった。そんなくだらない理由だ」

自嘲し、舞元は再び歩き出す。地面が滑るので気を付けなければ。嵐静も足元を確かめながら慎重に歩いていた。

「ここだ」

舞元が指差した場所は、地底湖のひとつだ。天井から落ちてくる水滴が波紋をいくつも作っていて、鮮やかな瑠璃色の水面が揺れている。さほど深くはなさそうだ。

「翔啓、見てみよ」

呼ばれたので「ここで待っていて」と嵐静の手を離す。舞元が指差す地底湖を覗き込んだ。様々な色が混ざり合う鍾乳石の肌に深い青色の水面が揺れる。

「そして嵐静を導いてやってくれ。すまないが、私のいまの体では水の中でうまく動けない」

なにがあるのだろう。右から左に視線を動かしてみる。それはふたつ並んでいた。

長方形の木箱だ。ただの木箱ではない。彫刻が施されており、翔啓はそれがなにかを知っている。

「柩《ひつぎ》……では……」

柩が地底湖にふたつ沈んでいるのだ。翔啓は濡れるのも構わずに入っていく。湖の水は想像どおり冷たかったが、腰まで浸《つ》かった。ふたつの柩に近づいて蓋に手をかけた。思いのほか重く、力いっぱいに持ちあげた。ごぽ、と音がして蓋が開く。中にあるものに息を飲んだ。

「これは」

中には男がひとり。翔啓は思わず口元を押さえる。

「嵐静……？」

いや違う。そんなわけがない。

そんなわけがないが、息が苦しくなるほど友によく似た人物が横たわっていた。沁の宝である瑠璃泉の地底湖に、遺体を置くなんて。

舞元がやったのだ。舞光にも知らせずに今日まで。この遺体は誰だ？　嵐静にそっくりのこの男は一体？

「……まさか、灯宋静……？」

翔啓が呟くと突然激しい水音が聞こえた。嵐静が水へ飛び込んだのである。

「嵐静！　無茶するなってば」

「どこだ、翔啓。どこにいる」

「こっちだ」

翔啓が差し伸べた手を、嵐静が摑む。引き寄せ、その手を柩に導いてやる。

「嵐静、わかる？　これは柩だ。ここに男の人が寝ている」

「男……どんな人だ？」

「あんたにそっくりだ。凄くよく似ている」

嵐静は柩に手を入れ、男性の頬に触れる。一瞬びくっと手を引っ込め、恐る恐るまた手を伸ばし、指で探す。愛《いと》おしい存在を手繰り寄せるように。鼻から唇に触れ、人差し指で「ここ」と示した。

「口元にほくろがあるか？」

「あるよ」

「小指に指輪をしていないか？」

「している。黒い石がついている」

「衣は着ているのか？」

翔啓は着ていると答えた。胸や腹の数カ所が破れているのは、きっと剣の痕だろう。首や頬に細かい傷がついている。戦った痕だ。後宮の外で倒れていた嵐静の姿に重なる。

「帯に家紋がないか？」

「ある。嵐静が持っている短剣に刻まれているものと同じだ」

父上。

嵐静の唇がそう動いた。

「ここにいらしたのですか……父上。父上……！」

赤味を帯びた嵐静の瞳は濡れている。こんな奇跡が起きているのに、どうして彼の目はこの光景を見ることが叶《かな》わないのだろう。

いまの嵐静の父親というには若い気がする。当然だ。死んでからは老いずに時が止まっているのだ。

「……嵐静。もうひとつの柩も開けようか？　どうする？」

柩はまるで数日のうちにここへ運ばれてきたのかと思うほどに新しく、朽ちていなかった。これも瑠璃泉の影響なのだろう。

嵐静がゆっくり頷くのを待って、隣の柩の蓋も開ける。今度は女の人が眠っていた。

翔啓は嵐静に気づかれないように涙を拭いた。

「なにが見える？　隣には誰がいる？　翔啓。教えてくれ」

翔啓は瑠璃泉を掬って顔を洗った。

嵐静が冷静なのに、俺が取り乱してどうする。しっかりしろ。

「……綺麗な女の人だ。帯に灯氏の家紋。指輪は……ないな。とっても美しい手をしているね」

「そうか。あとは、なにがわかる？」

「……お腹が大きい」

答えると、嵐静はその場に崩れ落ちる。

「母上……！」

「嵐静。大丈夫か。俺につかまって」

そのまま沈んでしまいそうな嵐静の腕を摑み、引きあげる。彼の腕は震えていた。

こんなふうになる嵐静を初めて見た。なんとか冷静でいようと踏ん張っているようだった。無理もなかった。十年前に死んだ両親の軀が目の前にあるのだから。

「顔が真っ青だぞ。嵐静、大丈夫か？」

声をあげて泣くでもなく、怒るでもなく。柩の縁に手をついて、嵐静はじっとうつむいている。

叫びたいなら受け止める。涙なら拭いてやる。なのに、翔啓の手に嵐静は縋《すが》らない。

「殲滅令によって紅火岩山の領地、屋敷は全部焼かれた。父上は私と母上を逃がした。しかし、逃げきれずに悠永軍に追いつかれた」

「うん」

「母上は、私を逃がし、いきなさいと言った。あなたなら逃げ延びることができるはずだと。私は……」

嵐静は水中で母の手を握り、目を閉じた。嵐静の母親も衣が裂けている。殺されていた。

「馬車に戻ったら、母上は」

子供の体では大人の体を運ぶことはできなかった。母上をなんとか馬車から出し、森に隠した。そのままにしておけなかった。道具を持たなかったから手で地面を掘って、落ち葉をかぶせた。雨が降っていた。雨の音が逃げる足音も姿も隠してくれた。全部が濡れていた。あとで母上を迎えにこようと思っていた。迎えにくるつもりだったのだ。

水音の中で語られる嵐静の言葉を、ひとつも聞き漏らさないよう、翔啓はじっと耳を傾けた。

産まれるはずだった弟か妹がいたと彼は語っていた。だから、こちらの柩には二人が眠っている。

「逃げて、逃げて。どこにいるのかもわからないのにとにかく逃げた。もう一歩も動けなくなって、力尽きた場所が流彩谷だった。翔啓、きみに助けられた」

言葉が見つからなかった。その記憶を一緒に辿ることは、いまは不可能だ。ごめん、と口にしそうになる。謝罪を彼は嫌う。だったら自分ができることをしろ。過去を思い返すことは不可能でも、これから先を共に生きることはできる。

「翔啓。父上と母上は、どんなお顔をしている？　傷はないか？　苦しそうではないか？」

「……綺麗だよ。まるで眠っているみたいだ」

嘘ではない。ふたりとも表情は穏やかだ。いまにも目を開けて、成長した息子を抱きしめるのではないかと思うほどだ。傷はあってももうそれは塞がらない。塞がらないが血を流すこともない。

「そうか。安らかなお顔なのか」

「うん。安らかだ」

それならよかった、というため息のような彼の言葉はふたりに届いただろうか。息子をひとり残してこの世を去らねばならなかったことはさぞかし無念だっただろう。

たったひとり残った嵐静はこれからどうして生きていくのだろう。翔啓が嵐静のために祈れるのはただひとつ、彼の友でありたいということだ。

柩の中の母の手を握ったまま、嵐静は地底湖の外から見守っている舞元へ呼びかけた。

「ここへふたりを運んでくださったのは、宗主なのですか？」

舞元はしばらく黙っていたが、ゆっくりと水に入ってきた。

止めようとした翔啓を舞元は制する。

「そうだ」

嵐静はゆっくりと丁寧に舞元に礼をする。

「ありがとうございま……」

舞元は「礼などしないでくれ」と嵐静の手を取った。

「嵐静。許してくれ。私は宋静からの助けを求める文を受け取った。しかし……灯氏殲滅令は北部に発布されていた。北部にしか、ということだ。沁氏が手を貸せば同じ目に遭う」

「……あの女の考えそうなことです」

嵐静の言葉で三人が思い描くのはただひとり。

「私は一族を守らねばならなかったのだ」

「責めているわけではありません。父だってきっと、誰も手を貸してくれないだろうとわかっていたのだと思います。けれど、灯氏宗主として一族をひとりでも守りたかった。だから沁氏宗主へ懇願したのだと」

「嵐静。私は宋静の願いを無視したわけではない。血で汚れた文に胸が張り裂けそうだった。駆けつけたが間に合わなかったのだ。宋静は屋敷の奥で息絶えておった。夫人を探す途中、山道で破損した馬車を見つけ、近くに夫人の遺体があった。誰かが整えて……葬った跡があった」

「母上の最期、一緒にいたのは私です」

「やはりそうだったか」

「父と母の遺体を灯氏の宗主と夫人として悠永軍は確認していたはずです」

「そばに嵐静の姿はなく、死んだという話も聞かなかった。灯氏についての真実は隠されていたから大っぴらに探すこともできず……嵐静は逃げたのだと思ったのだ、その時は」

「私は母がいる馬車に戻ったのです。あの場で殺されていたかもしれないのですから運がよかったとしか言えません。なにもかも」

母の感触を思い出しているのか、嵐静は両手を握りしめる。

「逃げましたが、途中で歩けなくなりました。そこを翔啓に助けられました。彼がいなかったら私はとっくに……母は流彩谷へ逃げていたのでしょう」

「宋静が向かわせたのだろう」

「おそらく。本当にいままでずっと運がよかった。私は生きています」

舞元は「そうだな」と呟き、柩のほうを眺める。

「夫人の遺体もそのままにしていたら獣に食われてしまう。だから私は、ふたりの遺体をここに運んで隠した。あのまま放置などできなかった。いつか息子の嵐静が……戻ってくるのではないかと思った。無念のうちに死んでいった両親を探しに」

私を責めに。

舞元のそんな思いが伝わってくる。

舞元は宋静の柩に近づいて「すまなかった」と首を垂れた。痩せた肩が震えている。

「宗主に非はありません。私がどこで生きていたかなどもうどうでもいいことです。父と母にこうして……再会できましたから」

嵐静は再び祈るようにふたりの柩に向かって目を閉じた。最初に父親の手を取りぎゅっと握り、次に母親の指に愛おしそうに頰を寄せていた。

「宗主。ふたりの亡骸《なきがら》を紅火岩山へ帰したいと思っています。お許しくださいますか」

嵐静の申し出に舞元は笑みを浮かべる。

「当たり前だ。入口の施錠は解除しておく。どうせ誰も知らない鍾乳洞だ。私と宋静以外はな」

言い終わると舞元が背を丸めて咳をした。これ以上冷たい水に浸かっているのはよくない。翔啓は柩の蓋を閉め「水からあがりましょう」と導いた。声をかけないとふたりともずっと柩のそばを離れないだろうから。

舞元の体を支え、嵐静の手も引き、三人で湖からあがった。

岩場に舞元を座らせる。咳は治まったが、やはり体が冷たい。

「もう耳に入っているだろうが、皇后陛下は行方が知れないままらしいな。表向きは行方不明でも、後宮の火事で亡くなったのではないかと思っているが……どうなのだろうか」

舞元の問いに、嵐静はぽつりと言った。

「わかりません」

後宮で皇后に伝えていた嵐静がなにかを知っているのではないかと、舞元は窺っているようだ。

「そうか……」

嵐静がなにも話さないとわかると、舞元はそれ以上皇后の行方について問うことはしなかった。

柩が沈む地底湖を再び見やる。十年、翔啓は記憶がないまま過ごし、嵐静は後宮で身を潜めていた。そして、嵐静の両親はここに隠されていた。

「翔啓。頼みがあるのだが」

嵐静に呼ばれ振り向くと、彼は柩のほうを指差す。

「両親をきちんと埋葬したい。私は目が見えない。ひとりでは故郷へ帰ることができないだろう。だから手伝ってくれないか？」

「……もちろんだ」

「紅火岩山へ、灯がかつて統治していた土地で眠ってもらいたい」

彼の頬は濡れていた。天井から滴り落ちてくる水か、それとも涙なのだろうか。

鍾乳洞を出ると夜のような森の道を戻る。そして森を抜けると、明るかった空は薄暗くなっていた。

停車している馬車とそわそわと歩きまわっている銀葉が見えてきた。銀葉が心配そうに迎えてくれたが、舞元が大丈夫だというとほっと胸を撫でおろしていた。

全員が乗り込むと、馬車はゆっくりと走り出す。待ちくたびれたのか、銀葉が真っ先に眠りだした。来た時と同じように、誰も口を開かなかった。ただ、その沈黙は重苦しいものではなかった。

屋敷に戻ると、舞元を部屋へ送る。

茶の支度をしてくれた銀葉は席を外した。

「ふたりとも、今夜はゆっくり休むがいい。私もさすがに疲れた」

「銀葉先生に脈を見ていただいて、なにもなくてよかったです。宗主、すこし無理をされたから、俺も心配でした」

ははは、と舞元は力なく笑う。

そろそろ部屋を辞そうと翔啓が腰を浮かせたとき、舞元に呼び止められる。

「嵐静、殲滅令の理由を……きみは知っているのか？」

舞元は嵐静に問いを投げた。おそらくずっと聞きたかったことなのだろう。翔啓も知らない真実がそこにはあるのだ。

「……父が皇后陛下のお怒りを買ったからです」

「それなのだ。皇后陛下を害そうとしたなど真実なのか？　なぜ怒りを買うようなことをしたのか。宋静ほど聡明な男を私は知らない」

「買うようなことをしたのではありません。父は間違ったことはなにひとつしていません」

「私だってそう信じている。どういうことなのだろう。今更おこがましいが、同じ北部にいた者として……そして友として知りたい」

舞元は恥じながらも聞いた。嵐静の顔色は変わらない。見えない目は開かれ、視線は動かず舞元の胸あたりに注がれている。そして、父は、と口を開いた。

「父は重大な秘密を知ってしまったのです」

「秘密？」

嵐静は頷く。

「その秘密が原因で一族が皆殺しになったと？　どんなことなのだ、それは！」

知りたい欲からではなく、問い詰めるのではなく、舞元の顔に浮かぶのは怒りだった。友を殺された、助けられなかった怒りだ。だが、嵐静は首を横に振る。

「秘密は父しか知りません」

「……嵐静、きみは皇后陛下のお側《そば》にいたのだろう？　聞いていないのか」

舞元は絞り出すようにそう言った。

「私は知りません」

嵐静の答えを聞いて、舞元は肩を落とす。

「そうか。わかった。取り乱してすまなかった」

「……いいえ」

「死者から聞き出すことはできないな」

舞元はじっと嵐静の様子を窺っている。本当はなにかを知っているのではないかと疑っているのだろう。舞元は翔啓と目が合うと、首を横に振ってため息をついた。

数回咳きこんだ舞元は、茶をひとくち飲んだ。

「宗主。もうお休みください。俺たちは部屋に戻ります」

深いため息が聞こえる。舞元は部屋の暗さに沈みそうだった。翔啓は嵐静を立たせて、部屋の戸を開ける。

「宋静、私が死んだら聞きに行く」

舞元の独り言を背にして、ふたりは部屋を出た。

その翌日、嵐静は熱を出した。

熱は三日経っても下がらなかった。朝夕関係なく目覚めてはまた眠りを繰り返していた。うなされていることもあった。

「大丈夫か、嵐静」

そう声をかけてやると静かになる。何の夢を見ているのだろうか。

五日が経った。眠る嵐静の額に手を当てると、まだすこし微熱があるようだが、このまま落ち着いてくれればいい。熱が下がれば数日で体力も戻るだろう。

桶の水を替えようと部屋を出る。夜空を見あげて深呼吸をした。もうすぐ夜が明ける。夜空にはなにも光ってはいなかった。中庭の敷石を踏む音が聞こえたので振り向くと、明かりを持った舞光が作業部屋から出てきたところだった。近づいていくとこちらに気がついた。

「翔啓か。起きていたのか」

「舞光こそ。俺はこれ、桶の水を替えようと思って」

「……まだ熱が下がらないのか？」

「いや、だいぶ下がってきたよ。でもまだ微熱があるからだるそうにしている」

「まったく。厄介だな。おかしな病気を持ち込んでいないといいが」

「ごめん」

相変わらず舞光は嵐静に対して刺々《とげとげ》しい。

「おかしな病気なんかにはかかっていない。ほら、一緒にいる俺がこんなに元気だから」

おどけてみせても舞光はにこりともしない。

翔啓ももう舞光に嵐静を受け入れてほしいなんて思わない。舞光には守るべきものがあり、そばに雪葉がいる。嵐静にはいま翔啓しかいない。彼がとにかく体を治し、普通に生活を送れるようになればいい。

「看病をするのはいいが、お前も倒れてしまわないようにしなさい。もうすぐ夜明けだ。少しでもいいから休みなさい」

「わかった。水を替えてきたらね」

自室に戻ろうと屋敷へ向かう舞光の背中を追う。

「舞光。嵐静のことなんだけれど」

「……なんだ」

「嵐静の熱が下がったら、しばらく屋敷を離れてもらおうと思うんだ」

翔啓がそう言うと、舞光は足を止め振り向いた。

「行くあてでもあるのか？　盲目で身を寄せられる場所などそう多くはない」

「俺も一緒だよ」

「お前も？　どういう意味だ。なにをしようとしている？」

言い方が悪かったか。舞光はなにか誤解をしているようだ。

「ほら、ここへ来てからずっと俺の部屋に閉じこもりきりで窮屈だろうから、目のこともあるし、湯治宿でゆっくりしてこようかなと思って」

「……そういうことか。好きにすればいい」

ほっとしたように舞光はため息をつく。

反対されるかと思った。一刻も早く嵐静を屋敷から追い出せと言われても仕方がないのだから。やはり目が見えなくなってしまったことをいくらか不憫だと思っているのだろうか。

「帰ってくるのだろう？」

「当たり前だよ。宗主にもちゃんと断って許可をいただいてからいくから」

「屋敷に戻ったら、そのあとどうする」

「わからない。決めていない」

これだけは言っておく、と舞光は翔啓の手を取った。

「お前は私の弟。沁氏の者だ。わかるか？」

「もちろんだよ」

「嵐静を友と慕うのはいい。だが滅亡した灯氏にお前ができることなどない」

「舞光……」

「心を寄せるのも大概にしなさい。お前と嵐静とは生きる道が違う」

「違ってもいいんだ。もう嵐静は自由だから、俺は普通の友人として……」

「普通ではない。お前の言う普通とはなんだ？　身を隠して生きるしかないあの者と、沁氏のお前とはともにいられない」

己で選べなかった道を来て、これからを生きたいのだ。舞光の言う生きる道の違いとはなんなのだ。翔啓は舞光の手をそっと解いた。

「生きる道なんかいくらでもある。嵐静はもう隠れなくていいんだ。生きていていいんだよ。十年という年月はそう簡単に埋められない。俺の記憶が戻らないように」

そう言うと舞光の目が伏せられる。兄のこんな顔を見たくはない。いつも凜《りん》として、木漏れ日のような存在であってほしい。

「舞光、この話はもうやめようよ。俺は誰も憎んでいないし責めたくもない。舞光のことだって俺の中ではなにも変わらない。ずっと一緒に育ったんだから、どうあろうと俺の兄上だ」

舞光は夜空を仰ぐ。なにかを言いかけて止め、懐から出したものを翔啓に握らせる。見ると薬の包みだった。

「滋養の薬だ。熱が続けば体力が落ちる。嵐静に飲ませてやりなさい」

「……ありがとう。舞光」

「お前が嵐静の友人として生きたいという道は、私とはいままでどおりの兄弟ではいられなくなるのだと、わかってほしい」

おやすみ、と言い残し兄は暗い廊下に消えていく。翔啓は舞光へ背を向けた。

桶の水を替えて自室に戻ると、嵐静は変わらずに眠ったままだった。目覚めたら舞光にもらった薬を飲ませてやろう。

濡らした手巾を額に載せてやる。嵐静の睫毛が震えて眉間に皺が寄る。またうなされているのだろう。

「嵐静」

小さく名を呼ぶと、嵐静は薄っすらと目を開けた。その虚《うつ》ろな視線は翔啓を捉えない。

何度も同じ夢を見ていた。

視力を失う前の景色を繰り返し。どちらが現実なのかわからなくなるほどに、目覚めれば暗闇、眠れば炎の海。現実だとわかるのは翔啓の声だけだった。

ああ、また夢を見ている。燃え盛る長紅殿、崩れ落ちてくるなにもかもが炎を纏っている。

恐怖はなかった。美しさすら感じる炎。こんな場所、すべて焼き尽くしてしまえばいいのだ。きっと智玄が新しい後宮を作りあげるはずだ。

私が潜んでいた記憶など、燃えてなくなればいい。

背負っている皇后はすこしも動かない。だらりと下がった手は火傷で爛《ただ》れ、血が滴っている。顔にも火傷があるようだが人相はわかる。軀を運び、翔啓と一緒に城外へ出られる。

後ろで大きな音がしている。建物の崩壊が始まった。肩や足に燃えるなにかが当たるのも構わずに嵐静は外へと走った。なんとか建物の外に出ると、べきべきと木が裂ける音が響いて、あたりから悲鳴があがった。嵐静がいまいるのは長紅殿の裏手。肺に新鮮な空気を入れながら、翔啓がいた場所に戻ろうとした。しかし、火の勢いは嵐静を建物と後宮の壁のあいだに閉じ込めた。

地面を這っていけばなんとか脱出できるのではないか。皇后を背負ったままで姿勢を低くしたときだった。

「捜索しろ！　静羽がまだいるかもしれん！」

怒号と複数の足音が聞こえてきた。まだ静羽は探されているのだ。だが、いま自分は嵐静だ。だから翔啓のもとへ戻っていい。そう思って一歩を踏み出した。

「……うう……」

皇后が呻《うめ》いた。

まだ生きているのか。嵐静は足を止めた。

「陛下。私がわかりますか？」

「う、うう……」

反応がある。しかるべき手当を受ければきっと助かる。

このまま戻ったらどうなる？　この女は私を静羽だと証言し、捕らえて今度こそ殺すだろう。もし外へ出られたとして、翔啓とともに逃げたら？　追いかけてくるだろう。身勝手な片恋により父を死に追いやった女だ。灯氏を滅亡させ、嵐静の居場所と未来を奪った。

懐から短剣を取り出す。鞘から抜くとキンッと透きとおった音がする。

「せ、静羽……！」

うしろから女子の声に呼ばれる。まさかと思い振り返ると、頬と衣を煤で汚した涼花がいた。

「涼花？　なぜここにいる！　皆と避難をしていたのではないのか」

「心配で、あたし！　ああ、陛下……皇后陛下！」

心優しい涼花のことだ。居ても立っても居られずにきっと隠れてここへ来たのだろう。

皇后に震える手を伸ばしている。嵐静は涼花に気づかれないよう静かに短剣を懐に戻した。建物は炎に負けて姿を保てずにいるが、足掻《あが》いて逆らっているかのようだ。ばらばらと砕けた様々な破片が火を纏って降ってくる。

「きゃあっ」

「涼花、こっちへ。私から離れるな！」

彼女の腕を摑んで後宮の壁へ向かって走った。

「静羽っ、どこへ行くの？」

「外へ出る。きみも一緒に来るんだ。それと私のことは嵐静と呼んでくれないか」

「あっちょっと！　せ……嵐静っ」

涼花はなにかを叫んでいるが、話をしている暇はない。捜索が裏手へまわってくるのは時間の問題。見つかって変に勘繰られるよりは逃げたほうがいい。

「わあっ」

涼花がなにかに足を取られて転んだ。立たせようとしたとき、燃えた柱が倒れてきた。左腕を翳して受け止める。板を踏んだような気味の悪い音が体を走る。腕にぶつかった柱から飛び散る火が目の前を掠《かす》め、一瞬目がくらんだ。何度か瞬きをすると黒塗りだった視界が戻ってくる。

「嵐静！」

すんでのところで涼花は無事、背負った皇后にも当たってはいないようだ。

「……はやく立て」

「ごめんなさい。あたし！」

「私は大丈夫だ、行け！」

涼花を壁へ向かって走らせた。いまの衝撃で腕はきっと使いものにならない。腹の傷がどのようになっているのかわからないが、痛みを感じなくなってきた。翔啓が手当をしてくれた傷が燃えるように熱い。だが、痛くはないしまだ動ける。

壁に手をついて強く押した。血で滑ってうまくいかない。もう一度押すが動かない。どうしてだろう。

「嵐静……？」

心配する涼花の声は震えている。場所を間違えた？　そんなはずはない。もう一度壁を押してみる。そこでわかった。体に力が入らないのだ。

「涼花、すまないが一緒に押してくれ。ここから外へ出られる」

「え？　ええ？」

「はやく。時間がない」

「わ、わかったわ！　ここね……よいしょー！」

ごご、と音がして涼花が先に吐き出された。悲鳴をあげているが大丈夫だろうか。

次いで嵐静も外へ出た。

「涼花、平気か。怪我はないか？」

「大丈夫よ。びっくりしたけど。ここ、どこらへんなの？　まわりになにもない」

「心配しなくていい。この先には……」

喉が痛い。深呼吸をしようとして目を閉じた。再び目を開けると、なぜか膝をついている。涼花がなにか叫んでいる。

「嵐静！　しっかりして。大丈夫？」

「……私はいま……」

「倒れそうになったのよ。嵐静、あなた」

一瞬気を失ったに違いない。血を流しすぎたのだ。背負っている皇后の重みですら耐えられない。自分の体を支えるのもやっとで、立ちあがれない。

「陛下をこちらへ。嵐静、怪我をしているんじゃ……」

そこで涼花の言葉を遮るように馬の嘶《いなな》きがした。見ると、馬車がこちらに向かっている。そばまで来て停車すると、体の大きな男が姿を現した。嵐静は涼花と皇后を背に隠した。兵だったら厄介だ。しかし、男は灰色の衣を着ている。帯剣もしておらず、かといって官吏でもない。身構えていると、涼花が「侍医殿の参良殿じゃありません？」と言った。参良はもじもじしながら頬を赤くした。

「りょ、涼花殿……」

「どうしてここへ？　救助活動をされていましたよね？」

「おいらは軽傷者を城外の診療所へ運ぶために馬車を取ってきたのです。侍医殿では重傷者だけを診ることになりまして。涼花殿がなぜここに？　火事から逃げてきたのですか？」

参良は首を傾げ壁を見あげている。そこで皇后が呻いた。

「……どうしよう。嵐静……」

参良は涼花が抱いている皇后に近寄り「まさか、このお方は？」と声を震わせた。

「酷い火傷だ。は、はやく侍医殿に運ばねば！」

立ちあがろうとした参良を「待って」と涼花が引き止める。

そこへ嵐静は割って入った。

「参良殿、皇后陛下は静羽に狙われているのです。おわかりでしょう？　皇帝陛下を手にかけて、皇后陛下までを……いますぐ城へ戻ったらなにをされるか」

参良は気弱そうな男だった。不安を顔に貼りつけている。

「涼花殿、この方は一体？」

参良が嵐静に近寄ろうとして、今度は涼花が割って入る。

「この人はね！　あたしの弟なの！」

咄嗟にそう答えたのだろうが、鼻の穴が膨らんでおり嘘をつくのが下手だとわかる。だが、彼女の機転なので黙って従うことにした。

参良は「弟？」と訝しんで嵐静を見ている。なぜ涼花の弟がここにいるのかと首を傾げている。その参良の視線を遮るようにして、涼花は「助けてください」と叫んだ。

「参良殿、逃げるのを手伝ってほしいの。すぐそこまで静羽が来ているかも。彼女は、皇后の剣はどこへでも追いかけてくるに違いありません。皇后陛下のお命を守りたいのです」

「し、しかし」

「あたしも殺されるかもしれないっ！　怖いわっ！」

必死の形相は役者顔負けだ。目に涙まで溜《た》めている。

「……わかりました！　おいらの父は医者で、洋陸のはずれで診療所をやっています。腕は確かですし口も堅い。そこへ運びます」

参良は馬車の中から白い掛布を出してきて皇后の体をくるんだ。また皇后は苦しそうに呻く。参良は皇后を抱きあげて馬車へ運んでいった。心配そうに見ている涼花に、嵐静は言葉をかけた。

「涼花、あまり余裕はない。参良に急いでもらいなさい」

「わかったわ。さ、嵐静。あなたも一緒に行くわよ」

出るわよ、とそっと涼花が耳打ちした。

「私は残る」

嵐静の返事に涼花は「え？」と目を丸くした。

「なに……言ってるの？　あなたも怪我をしているのに」

「いいから行け。私は一緒にいくわけにはいかない。わかるだろう」

「出発しますよ！　涼花殿、弟君、はやく乗ってください」

「参良殿、私はあとから追いかけますので、姉上を頼みます。早く行ってください！　静羽が追いかけてくるかもしれない！」

なぜ、と参良が叫んでいるが構っていられない。

「待ってよ、嵐静！　なにを考えているの」

そばを離れようとしない涼花。嵐静は無理やり涼花の手を引き馬車へ乗せた。

「嵐静！」

「行け！　急いで！」

扉を閉めると、馬車は走り出した。

砂煙の向こうに小さくなっていく馬車を見送って、嵐静は壁から中に戻ろうとした。翔啓のもとへ帰らねば。約束をした。彼はきっと待っている。

壁までいくと「探せ！」「まだ近くにいるはずだ！」と怒号が聞こえる。鎧《よろい》の音、足音、剣の音がしている。ひとりのものではなく、複数だ。踵《きびす》を返して嵐静は壁沿いに歩き出した。

しばらく歩いて、足が止まった。体が動かず踏み出せないのだ。

どこへ逃げたらいいのだろう。

今度こそ嵐静は立てなくなった。地面に突っ伏した体を起こすことができなかった。

第四章　暁闇《あかつきやみ》

嵐静の熱が下がり食欲も戻ったころ、翔啓は嵐静を流彩谷の麓の街に連れ出した。馬車に乗りふたりだけで出かけた。

湯治が目的である。屋敷の浴場を使えばいいのだが、屋敷ではない場所で時間を過ごしたかった。

どんな時期でも流彩谷の麓の街は人が多い。観光地でもあり湯治客も大勢詰め寄せる。冬場は雪で閉ざされるが、雪景色も人気だ。だから客足は途絶えないのだ。

静けさを求めて人里離れた湯治場を選ぶことも考えたが、それだと沁氏の屋敷にいるのと変わらない。

「嵐静、手を出して。賑《にぎ》やかな場所を歩くのは苦労するだろうから」

そういって彼の手を取ろうとしたら「大丈夫だ」と拒否された。

「え？　本当に？」

もともと勘がよいのもあり、屋敷の中では音を頼りに動けるようになっていた嵐静だが、まさかこんな人の多い場所で翔啓の介助もなく歩けるわけがない。

「……はぐれたら困るだろう。常に話しかけているわけにいかないし」

「きみはおしゃべりだから、どこにいるかすぐにわかる。手を借りなくても、私は……」

途中で翔啓は嵐静の袖を摑んだ。尚も嵐静は振りほどこうとする。

「不要だと言っている」

「まったく。大人しく俺の言うとおりにしてほしいもんだね。いま自分のまわりにどれだけ人がいると思ってんの？」

「どうして男同士で手を繫いで街を歩かなければならないんだ」

「あんた、そんなことを気にしていたのか？　仕方ないだろうが。紐で繫げるわけにもいかないだろう？　犬じゃあるまいし……なに恥ずかしがっているんだよ」

「恥ずかしいわけではない」

「じゃあなんなんだよ、嵐静」

問答する気が失《う》せたのか、嵐静はうなだれて、翔啓に袖を持たれたまま歩いた。

しばらく歩いていると土産屋や料理屋、客桟《かくさん》が立ち並ぶ広い通りに差し掛かった。たくさんの人が行きかい、客を呼び込む声、屋台に並ぶ料理の匂いがしている。流彩谷の民たちは皆いきいきとしていた。

「ここは大通りだ。ほしいものはなんでも揃《そろ》っているし、うまいものも食べられる。賑やかだろう」

「……わかる。とても人が多いな。今日は祭りかなにか？」

「いや、いつもこうだ」

やはり、屋敷にいる時より嵐静の表情は明るい。ふたりでゆっくり酒を酌み交わすのもいいかもしれない。彼が了承すればだが。

翔啓がそう思ったときだった。

「沁の若様！　翔啓様！　久しぶりではありませんか」

「寄っていってくださいな」

鈴の音のような声に呼ばれ振り向く。建物の入口で美しく着飾った妓女《ぎじょ》たちが並び、こちらに手を振っていた。

ここは麓の街で一番大きな妓楼《ぎろう》だ。女将《おかみ》のこだわりで容姿も芸も一流の女子しか置かないし客も貴族のみを相手とする敷居の高い店で、一見《いちげん》が軽々しく入れる場所ではない。女将自身も目を見張る美女である。

少々身なりのよくない男ふたりが入店を断られているのを横目に、翔啓は女将たちに手を振った。

翔啓自身は妓楼に入り浸るわけではないが、友人たちに連れられてごくたまに酒を飲みにくることはあった。どうもこういう雰囲気は苦手だ。

「やあ、女将。すまないけれど、今日は寄れないんだよ。これから行くところがあって」

「まぁ、そうなのですか。残念……お隣の若様は？」

女将のその声を合図に、並ぶ妓女たちは一斉に翔啓の後ろにいる嵐静を見た。素敵よ、どこの若君？　などと囁く声。奥からひとり、またひとりと出てきて人数が増えた。

「あら……見ないお顔ですね」

「え、ちょっと見せて……まぁ」

「翔啓様のご友人かしら？　お名前は？」

「どちらからいらしたの？」

「流彩谷ははじめて？」

興味津々の妓女たちは、矢継ぎ早に嵐静へ質問をする。翔啓はしまったと思った。変装もさせないで連れてくるんじゃなかった。

嵐静がこんなに目を引くなんて。日頃一緒にいるから慣れてしまった。いや、俺もここに来ればちょっと騒がれるものだけれど。

「嵐静、顔を隠してくればよかったな。考えが及ばなかった」

「別にいい」

「そのままでいてって言ったのは俺だけれど」

「そのとおりだ。それに彼女たちは私のことなどすぐに忘れる」

「そうかなぁ……でもずっとあんたのことを呼んでいるよ？」

「聞こえている」

「ねぇ、返事しないの？　綺麗なお姉さんたちが手を振っている」

「見えないなら意味がない。私が返事をしてどうなる」

「ええ、嵐静ってば」

「静かにしろ。きみが行ってくればいいだろう。私は向こうで待っているから」

「嵐静～っ」

隣の若様は照れているのかしら。寡黙《かもく》なのね。そこがかわいいわね。素敵なお方ね。

全部聞こえているのだが。妓女たちは隠すことをせずに嵐静に興味を注いでいる。照れているわけではなく不愛想なだけだろう。聞いていてため息が出る。

女たちに囲まれるのは苦手だが、妓女たちの明るく楽観的な雰囲気は嫌いじゃない。妓女たちは「さようなら。翔啓様とご友人、次は寄ってくださいね」と手を振っている。翔啓は彼女たちに手を振り返し、数歩先で立ち止まっている嵐静に駆け寄る。

「おい嵐静、ひとりで先に行くなって」

「なんだ。戻ってきたのか」

「だから行かないっての」

嵐静と並んで通りを再び歩き出した。

「宿を取ってあるっていっただろう？　この先だ」

「なんという名の宿だ？」

「月山客桟《がっさんかくさん》。そぐそこだよ。あ、なぁ嵐静。林檎飴《りんごあめ》が売っている。食べるか？」

「……いらん」

不機嫌そうな嵐静。林檎飴が嫌いなのかもしれない。露店をとおりすぎて宿へ到着した。主人が翔啓たちを迎えてくれる。

「沁の若君。お待ち申し上げておりました。どうぞお部屋に……」

「ご主人。お世話になります」

「遠くをよく見渡せるお部屋でございますよ。もう少し早い時期でしたらお祭りの花火も楽しめたかもしれませんね。観光客がいまはひと段落していますが」

「ありがとう。先に部屋で少し休みたい」

主人は人柄がよいがおしゃべりでいけない。景色がよい部屋などふたりには不要だった。案内された部屋はたしかに景色がいい。大通りがよく見えて、流彩谷の遠くの山々も望める。さすがに沁氏の屋敷まではわからないが。山の合間に沈みゆく夕日が美しい。振り返ると、嵐静は窓に近づいて外を眺めている。見えてはいないのだから、雑踏を聞いているだけだと思う。

夕餉の時間までごゆっくりと、と言い残して宿の主人は部屋を出て行った。

「部屋に風呂もついているけれど、湯治用の大浴場もある。夕餉の前に行こうな」

「大浴場……まさか手を繋いで風呂に入るのか。冗談だろう?」

そんなに俺と手を繋ぐのが嫌なのか。すこしむっとしてしまう。嵐静は気にしすぎではないか。ひとりで大浴場を使うことは危険だ。

「あんたが嫌なら触らないよ……まったく。湯治客が多いから気にすることはないだろ。目の不自由な者も来ていると思うよ。目だけじゃなく、体のどこかが不自由な者には付き添いがいるだろう」

「そうだが……」

　つい心配しすぎて、嵐静の気持ちを考えなかった。ちょっと悪かったな、と嵐静の顔色を窺ったが、怒っているわけではないようだ。

「俺もちょっと強引だったかも……ごめん。嫌なら離れているからそう言ってくれ」

「嫌とかではない。ただ、私などにきみの時間と余計な金を使わせてすまないと思っている」

「私などってなんなの？　やめなよ。余計なことなんかひとつもないよ。俺の時間だってどう使おうと自由だ」

「……ありがとう」

「心配ご無用。嵐静はなにも気にせずに数日ゆっくりすること。屋敷だと部屋からなかなか出られなかったし。俺が一緒にいるから安心してくれ」

　わかった、と嵐静はうつむく。

「嵐静。俺、やっぱり林檎飴を買ってくるから待っていて。ここで食べよう」

「私は林檎飴など……」

「俺が食べたいの。すぐ戻るよ」

後ろから私は食べないと聞こえてくるが、無視だ。翔啓は宿を走り出た。だんだんと暗くなってくる麓の街の景色は、ところどころ提灯《ちょうちん》の明かりが花のように浮かび始めた。夜の街を楽しむ者たちの時間だ。

先程の露店へと向かった。先に子供たち数人が飴を買いに来ていて、翔啓もその列へと並ぶ。子供たちは友人か兄弟か。微笑ましく見ていると、支払おうとした一番年長者と見られる少年が銭入れを落として、地面に小銭をばら撒《ま》いてしまった。「兄ちゃんなにやってんの」と弟たちがしゃがんで銭を拾う。翔啓の足元にも散らばってきた。

「ご、ごめんなさい」

少年は謝った。翔啓は屈んでその少年に笑いかける。

「ゆっくりでいい。俺も一緒に拾うよ」

「ありがとう」

銭を拾っていると、誰かの舌打ちが聞こえてきたが気にせずに少年を手伝った。賑やかなのはいいが、麓の街は夜になると酔っ払いが増える。治安が悪いわけではないが、喧嘩《けんか》騒ぎになることもあるのだ。

銭を全部拾い終わると子供たちは支払いを済ませ、ありがとう、と翔啓に手を振ってその場から去っていった。

自分の順番がきたので、翔啓も買い物をする。

「すみません、林檎飴ふたつください」

「はいよ」

店の主人が林檎飴を包んでくれた。受け取って振り向いた途端、誰かにぶつかられた。飴を落としてしまう。見るとすこし柄の悪そうな男のふたり組で、翔啓のことを睨んできた。

「痛いじゃねぇか、兄ちゃん」

「……悪かった。すまない」

明らかにぶつかられたのにこちらの責任にするのか。こういう輩《やから》には構わないのが一番だ。翔啓は男たちの脇をすり抜けようとしたが男に腕をつかまれて、また林檎飴を落としてしまう。

なんなんだよ、一体。早く宿に戻らなくてはいけないのに。

「おい兄ちゃん。ぶつかっておいて逃げるつもりか」

「逃げるつもりはない。気に障ったのならすまない」

「すまないじゃないよ。まったく……腕の古傷が痛むんで流彩谷へ湯治にきたんだが」

　男は左手を袖から出した。指が三本なかった。

「なぁこれ見てくれよ。ないのに痛くて仕方がねぇんだわ。いま兄ちゃんにぶつかられて更に痛むんだが」

「あんたの古傷が痛むのは俺のせいではないだろう？　この先の薬屋で痛み止めが売られているよ。それとあちこちに湯治場があるから」

　翔啓の言葉の途中で、指のない男が地面に落ちた林檎飴を踏み潰す。指のない男と一緒にいるのは目つきの悪い坊主頭の男。

「……やめろ」

「飴なんかまた買えばいいだろう。金持ちなんだから」

「作った店主に謝れ。食べ物を粗末にするな。あんたたち最低だ」

　店主はおろおろと「若様、うちは大丈夫です」と慌てている。翔啓だって騒ぎは起こしたくない。でも、こんなことをするのは許せない。

　様子がおかしいと感じ取った人々は、翔啓たちから距離を取り始めた。さっき立ち去ったはずの子供たちが視界に入った。馬鹿な。どうして戻ってきたんだ。

「ぶつかられて古傷が痛むと言っているんだ。痛み止めが売っているだ？　だったら支払いもしてもらおうじゃねぇか」

「……わかった。じゃあこっちへ」

翔啓はわざとそう誘い、店の前から男たちを人気《ひとけ》のない路地へと引き込む。歩みを進める翔啓の肩を、坊主頭が小突いてきた。

「おい。こんなところに連れてきてどういうつもりだ」

「薬屋に案内しようと思って」

「嘘をつくな。……あんた、流彩谷を取り仕切る沁氏の若君なんだろう？」

「だったらなんだ」

「流彩谷は他所者《よそもの》を店に入れないようにしているのか？　おかげで酒も飲めない」

もしや先程の妓楼ですれ違った男たちは彼らか？　どこから流れてきたのか知らないが、店に入れなかった腹いせか。

「店に入れないのは店主の判断だ。あんたたち、金が目当てなのか？」

「変な言いがかりをつけるな、沁の若君」

「言いがかりなものか。流彩谷で騒ぎを起こさないでほしい。悪いのはあんたたちだ」

「まるで宗主みたいな振る舞いだな。笑える」

「俺のことはなんとでも言うがいいよ。薬は差しあげる。だから流彩谷から出て行ってくれないか」

　このまま居つかれると皆に迷惑がかかる。誰に恨みがあるのか知らないが、麓の街を荒らされては困る。翔啓が謝罪して薬だけで済むならそれでいい。

「兄ちゃんに指図される覚えはねぇよ……あんた、宗主の実の子じゃないんだって？」

　他所《よそ》からきて、もうそんなことまで知っているのか。どこにでもおしゃべりはいるものだ。翔啓が舞元の実子でないことは、流彩谷では有名な話だ。事実であるし特に気にはしてない。

「親なしの孤児のくせに、運よく養子に納まって我が物顔で流彩谷を闊歩《かっぽ》しているのか」

「運がいいのは認める。だが流彩谷は俺のものじゃない。北部の土地はここに住む皆の居場所だ」

「ずいぶん民思いの若様なんだな？　宗主の屋敷で守られてのうのうと暮らして、いいご身分だな。宗主も、その息子の舞光……だっけ？　孤児を引き取って育てて偽善者だな」

翔啓をわざと怒らせる発言だとわかっている。だが、腹の奥底に黒い怒りが一気に広がった。

「……宗主と舞光のことを悪く言うな」

「お優しいこった。ひとりじゃ生きていけなかった汚い子供を拾って育て、綺麗なおべべを着せて財力と余裕を誇示しているみたいで胸糞《むなくそ》が悪いな。あんた、沁氏の愛玩動物みたいなもんだろ。宗主と長男も、それで統治下の民の尊敬を得たと思っているのか。沁氏宗主は徳のあるお方ですねって」

「馬鹿か。ちやほやされて気分がいいか？　その点家畜のほうが役に立ってるんじゃねぇか？　あんたどうせ使い捨てみてぇなもんだろ。なぁ兄貴」

指なし男のことを兄貴と呼ぶ坊主頭は、地面に唾を吐く。

「お前たち、口を慎め……」

「俺たちも戦《いくさ》の孤児だが、泥水を啜《すす》って自分たちだけで生きてきたっていうのによ」

指のない男が翔啓を突き飛ばした。倒れこんだ場所に空の木箱が積まれており、ぶつかってしまってがらがらと崩れてきた。

「いっ……」

落ちてきた木箱が壊れていて、板のささくれが手の甲を傷つけた。その拍子に銭入れを落としてしまい、取ろうと伸ばした翔啓の手を坊主頭が踏みつける。

「くっ！」

「若様。これは貰っとくわ。……うお、けっこう持ってるじゃねぇか。さすが名家の沁氏」

「返せ！」

「家に帰れば金はあるんだろ、いくらでも」と、指のない男が笑い「目ざわりだから金持ちの若君は屋敷で暮らしていろ。庶民の前に顔を出すな」と坊主頭が吐き捨てる。

「さて。この金でさっきの妓楼に……え！　いてぇ！」

坊主頭が悲鳴をあげた。なにかと思い顔をあげたら、翔啓の手を踏んでいた坊主頭が倒れた。太腿《ふともも》に細い木の枝が突き立っている。

痛みに苦しみ倒れた坊主頭の襟首を摑んで、無理やり立たせたのは背の高い男。嵐静だった。

宿にいるはずなのに、どうしてここに？

「ぐ、ぐお……」

「許さん。彼を傷つけた」

「な、なんだ！　あんたはぁ！」

「名乗る必要はない」

嵐静の手は坊主頭の首を締めあげる。坊主頭のつま先が地面から離れそうだ。

「殺すぞ」

冷たい声が針のように突き出された。

「やめ……」

「愛玩動物だの家畜だの。彼は人間だ。翔啓に謝れ」

「な……目が赤い……なんだこいつ」

「お前たちこそ糞に群がる蠅《はえ》だ」

嵐静はもう一度「殺すぞ」と無表情に呟いて、坊主頭の太腿から枝を無理やり抜いた。坊主頭はまた悲鳴をあげて地面に転がる。指なし男が嵐静に飛び掛かる。いくらか腕に覚えがあるようだ。嵐静は指なし男の右の拳を左手で受け止めた。まるで見えているかのように。摑んだまま放さずに足を払って男を倒す。右腕に足を乗せて「この腕を折る」と抑揚なく言った。嵐静は指なし男のことを見ていない。日が見えずとも声と気配で戦えるのか？　驚いた。すこし喧嘩が強いだけのこんな不良たちが嵐静に敵《かな》うわけない。

「ちょっとふざけただけだろ、やめろ！　放せよ！」

「では立ち去れ。流彩谷から。二度と戻ってくるな」

「わかったよ！　わかった、出ていくから折らないでぇぇ‼」

指なし男が叫ぶ。嵐静は抵抗しないと思ったのか腕を放してやった。指なし男は坊主頭に駆け寄って「行くぞ！」と抱き起こした。

「お前ら沁氏はこんな亡霊みたいなやつも飼っているのかよ……！」

指なし男は怯《おび》えた目を向けながら、走って逃げていった。翔啓は立ちあがり、衣の砂を払う。嵐静は男たちが逃げて行ったほうを見ている。男たちがなにか悪さをしていないか、音を聞いているらしかった。翔啓も耳を澄ませたが、通りからは特別変わった物音はしていないようだった。

「翔啓。大丈夫か」

「う、うん……大丈夫。ちょっと手を擦りむいただけだ」

嵐静は耳を澄ませて翔啓の声を聞きとっている。

「一撃も食らわずに戦うなんて。嵐静、もしかして。もしかして……見えるようになったのか？」

少しの期待を込めてそう聞いてみる。彼の目はよくなっているのではないだろうか。だが、期待はすぐに打ち砕かれる。嵐静は「いや」と首を横に振った。

「気配と音でなんとなくわかるだけだ」

「そ、そうか……なんとなくでも凄いな。さすがだよ」

嵐静に近寄ると、腕を摑まれた。

「なに？」

「血の匂いがする。どこを怪我した？」

「手の甲を。……平気だ」

翔啓の手を持ちあげて嵐静は匂いを嗅ぐ。たしかに血が出ているが、たいしたことはない。男に踏まれたせいで傷口に砂が入っている。あとで洗わなければ。

「嵐静。どうして俺がここにいることがわかった？　どうやって来たんだ」

顔を覗き込んでみたが、視線は合わない。

「声が聞こえた。きみの声と、屋台の店主の声、行きかう人の声が。沁の若様が大変だ、連れていかれた、喧嘩だ。そんな言葉が聞こえてきた」

人に聞いたら、この路地を教えられたという。

「俺が連れていかれたっていうのは間違いだな。路地に誘い込んだのは俺だ」

「どっちでもいい。なぜそんな危険なことをした？」

「買い物をしていたら絡まれたんだよ。店主や客に迷惑がかかる。子供たちもいたし……」

ふん、と嵐静は怒ったように鼻を鳴らした。

「気をつけろ」

「……わかった。助けてくれてありがとう。ああ。林檎飴、買いなおさなくちゃ」

「私は食べない。もう勝手にいくな」

「ごめん。……宿に戻ろうよ」

翔啓は嵐静の腕を取ろうとしてやめた。

彼は翔啓がどこにいても飛んでくる。目が見えなくても。翔啓が導かなくても、ひとりで歩ける。どこにでも行ける。

そこまで考えて顔を覆ってしまいたくなった。

嵐静の目が見えないということに存在理由を求めていた。そばにいられると考えていた自分が恥ずかしい。

「もうひとりで歩けるんだな」

呟いた声は嵐静の耳に届いただろうが、返事がなかった。

宿に戻ると、浴場へいって湯に浸かり旅の疲れを取った。あんな騒ぎのあとで落ち着かなかったが、湯気を深く吸い込むとざわざわしていた心が静かになっていく。翔啓は手の傷口を洗った。擦り傷なので数日で治るだろう。

大浴場には湯治客が数人いた。誰かの鼻歌が途切れ途切れに聞こえてくる。先に湯に入っていた嵐静からすこし離れて、翔啓も湯に浸かる。そばに老人とその孫らしき小さな男の子がいる。男の子は嵐静に興味津々らしく、じっと見つめている。嵐静はそれに気づいているのかいないのか、動かずに目を閉じていた。ふたりの様子が面白くて翔啓は思わずふっと吹き出してしまった。聞こえたのか、嵐静が目を開けて翔啓がいるほうに顔を向けてすぐまた目を閉じた。我慢ができなくなったのか、男の子はついに嵐静に「ねぇ」と声をかける。

「お兄さん、その傷どうしたの？」

嵐静は体中が傷だらけだ。綺麗なのは顔だけといっても過言ではない。それに男の子は驚いたのだろう。なんと答えるのかと黙って聞いていたら、老人が「これ、やめなさい」と男の子を窘《たしな》めた。

「すみませんね。この子が大変失礼を」

「いいえ。大丈夫ですよ」

嵐静は老人の声を聞いてから、顔を男の子のほうへ向けて話しかける。

「きみ、私の体の傷が気になるか？」

「うん。気になる。凄いね……」

「怖いか？」

「ちょっと怖い。お兄さん、どうして傷だらけなの？　誰にやられたの？　その傷は痛くないの？」

「もう治っているから痛くはない。それに大切な人を守ってつけた傷だから、怖いものではないよ」

ほわ、と男の子は驚いて口を大きく開けた。

「そうなの？　誰かを守って怪我をしたの？　お兄さんかっこいい」

男の子は「おじいちゃん、お兄さん凄いね」と手を叩く。祖父も頷いている。

「お兄さんは英雄だね！」

嵐静は微かに口元に笑みを浮かべている。彼はどう受け取っているのだろう。翔啓の中では嵐静が恩人であることに変わりはない。亡霊だと恐れられるより英雄と称賛されるほうがいい。

ふと嵐静がこちらに顔を向けた。もしかして探している？

「俺はここだよ」

そう声をかけると嵐静は軽く頷いた。

「そちらさんご友人だったか。あなたがたどこから来なすった？　流彩谷の人かね？」

老人は男の子の頭を優しく撫でながら、嵐静に声をかける。

「……そうです」

すごく答えにくそうにしている。翔啓はすこしだけ嵐静に近づいて、助け船を出すことにした。ゆっくりと湯に浸かりたいのにおしゃべり好きの老人につかまってしまった。しかし無視するわけにもいかない。

「おふたりはどちらから？」

翔啓が湯の中を移動して近づき声をかけると、嵐静がすっと避けた。

「おい、なんで避ける」

「きみが相手をしてくれ。私は苦手だ」

やっぱり。さりげなく嵐静と場所を入れ替わって、今度は翔啓が老人の話し相手となる。

「わしらは花郷地から来たのです。流彩谷はいいところですね」

「花郷地ですか。遠いところからようこそ流彩谷へ」

「おじいちゃん腰が悪いから流彩谷で湯治巡りをするんだ。僕は付き添い！」

「それは偉い」

「僕はたくさんよい行いをするって決めたから」

聞けば、男の子の両親は商売をしており店を休めない。だから祖父の付き添いを買って出たという。

「よい行いをしないと、沼地の洞窟に住むばけものに食われるって言われているからね！」

急に話が不気味な方向へ向かう。翔啓はこういう話が苦手だ。背筋がすっと冷える。

「洞窟のばけもの……？」

「はは、これこれ……」

「おじいちゃん、僕ちょっと熱いから出る」

男の子はそう言って、湯舟から出て行った。遠くへ行かないことという老人の言いつけに元気よく返事をしていた。

ふう、と老人は深呼吸をして「子供の言うことですよ」と笑った。

「言い伝えかなにかですか？　子供って好きですよね……あはは」

「いいえ。言い伝えではありません。最初は誰かがなにかを見たという噂から始まりました」

その「なにか」が憶測を呼んだわけか。

「それに尾ひれがついて子供たちのあいだで怪談として流行《はや》っていきました。親のいうことをきかないと洞窟のばけものに魂を取られる、よい行いをしないとばけものに沼に引き込まれる、などで。どこかの親がそのように作って子供に言い聞かせて、それが広がったのでしょうな」

危険だから沼地と洞窟に近づくなという警告も込められているだろう。

「花郷地と西部の境界に大きな沼地がありましてね。その場所にぼろぼろに朽ちた洞窟廟があるのです。なにも祀《まつ》っておりませんが。そこにばけものがいるという噂がありまして」

「酔っ払いが幻を見たとかいう類《たぐい》ですよねぇ？　ありますよね、猿を人と見間違えたとか？」

老人は「それが」と言い淀む。どうも歯切れが悪い。

「……孫には言えませんが、幻でも見間違いでもなく、何者かが住み着いているらしいのです」

じゃあばけものではないじゃないか。翔啓はいつの間にか嵐静にくっつくようにしていたことに気がついて体を離す。

「大昔、そこは沼地に建つ尼寺でした。詳しくは伝わっていませんが、迫害を受けたり身寄りがなかったりした女たちが集まって暮らしていたようなのです。その、いまはもう誰もいない場所に、人が住み着いていると」

「……それがばけものの噂となったのですか」

「わしが見たわけではないのですがね。沼地には美味な魚がおり高く売れるもので、漁師が足を運ぶわけです。昼でも薄暗い沼地の洞窟で、女の姿を見たと」

「女……？」

湯に浸かっているはずなのに、鳥肌が立つ。

「見間違いではなく？　どんな女なのでしょうか」

「嵐静、なんだよ、急に……」

じいさんの相手を交代させたくせに横から話しかけやがって。そんなことに興味を示す嵐静も物好きである。やめろ、怖いだろ。

「布を巻いて顔を隠しているらしく、いや、顔だけではなく全身を包むように。袖

や裾の長い衣を引きずって。声は潰れてうめき声でしかないと
「なんだよ、それ……」

怖い。どうしよう、先にあがろうか。でも嵐静を置いてはいけない。怖がって震える翔啓をよそに、嵐静は老人と話を続ける。

「……子供たちは近づかないように念を押したほうがいいでしょう」

「さようでございますね。得体の知れない者がなにをするかわかりませんからな」

「大人たちは、何者かが住み着いているとわかっているのですよね？」

嵐静の問いかけに老人は頷く。

「子供らはともかく、大人たちの大半は知っています」

「花郷地の白氏はどう対処を？　そのように広まる噂を知らないわけがないでしょう」

老人は弱って首を捻った。

「さあ。わしもそこまでは」

嵐静の様子がいつもとすこし違う。なぜそんなにも気にするのだろう。花郷地になにかあるのだろうか。老人との会話が途切れたところで、男の子が戻ってきた。

「嵐静、のぼせるぞ？　もう出ようか」

「……わかった」

老人と孫に別れを告げて、翔啓と嵐静は浴場を後にした。着替えを済ませて部屋に戻ると、夕餉の支度が整えられていた。酒も用意してある。

「おお、うまそうだ」

「……酒があるのか」

匂いでわかるらしい。

「嵐静、体の調子が悪いのでなければ、すこしどうだ？　付き合えよ」

あたりは暗くなり、窓から見える流彩谷の街は昼とまた違う装いで美しい。ただ、この眺めをともに楽しむことはできない。景色を話題にしないよう、翔啓は障子を閉めようとした。

「なぜ閉める？」

「……風が冷たくないか？　湯冷めすると思って」

「大丈夫だ。開けておいてくれないか。気を遣うことはない。きみは外を眺めたいだろう」

気遣っているのは嵐静のほうだ。翔啓は閉めかけた障子をまた開けた。

「人のざわめきしか聞こえないんじゃないか」

「だが景色はいいはずだろう？　遠くから演奏と歌も微かに聞こえる。わからないか？」

耳を澄ませてみる。本当に微かにだが、たしかに演奏が聞こえてくる。風に乗ってくるのかもしれない。

「どこかの店から聞こえてくるのかもな」

「後宮にいたときも、歌や演奏が聞こえてきていた」

「あの窓のない部屋でか」

「そうだ」

嵐静はふっと笑う。どう返事をしていいのかわからず、翔啓は黙って座卓を挟み嵐静の向かいに腰を下ろした。

「嵐静、手を出して。酒は飲めそうか？　無理するなよ、駄目なら茶にする」

翔啓は杯をふたつ持った。嵐静は料理が乗った座卓にそっと手を置き、どこにがあるのか確認をするように指を這わせる。それから、翔啓が持った杯を受け取ろうと手を伸ばしてきたので、持たせて酒を注いでやる。

「せっかくだからいただこう」

杯を合わせると軽やかな音が鳴る。翔啓は杯をぐっとあおった。

「ああ、うまい」

見ると嵐静も口をつけている。

「……大丈夫か？」

「心配しすぎだ。具合が悪いわけではない」

「そりゃよかった」

「美味しい酒だ」

いつもは張りつめた雰囲気を纏う嵐静も、いまはだいぶゆったりとしているようだ。湯治が目的とはいえ、すぐに目がよくなるとは限らない。見えるようになる保証もない。一生このままかもしれない。考えると気が重くなるし、それを嵐静に勘繰られるのも嫌だった。翔啓は空になった杯にまた酒を注ぐ。

しばらく街のざわめきに耳を澄ませる。部屋に風が入ってきて、ほろ酔いの頬を撫でていく。

「嵐静、昼間、よくここから俺のことを見つけたな。音だけを頼りに」

「今日だけではない。昔、ここからきみを見つけたことがある」

「俺を？」

言葉の意味がすぐには理解ができず、首を捻る。

「はじめて言葉を交わしたのがその時だ」

窓の外を見やる。ここがふたりが出会った場所なのか。

「よく考えたら、あんたとどこで出会ったのかも覚えてないんだな、俺」

「今更気がついたのか」

「だよな、笑える。それにしても嵐静がここに泊まったことがあったなんて」

「そうだ。流彩谷の秋祭りの日、父とここに来た。そして迷子になっているきみを見つけたんだ」

「迷子……俺、舞光たちと一緒だったのかな」

嵐静は「そうだった」と頷く。彼は窓の外に視線を投げる。

「きみは花火を見あげて立ち止まり、露店に気を取られてまた立ち止まり。宗主と舞光様とはぐれてしまった。べそをかいていた」

恥ずかしくていますぐ嵐静の口を塞ぎたい。翔啓は酒を持って立ち、窓辺へと移動した。

「なんだか今日と同じような状況だな」

「大人になり迷子にならないが、不良に絡まれるようになったのだな」

「からかうなよ……」

彼はふっと笑った。

「私は父をここへ残して、助けにいった。そこできみの名を知った」

「そこがはじめまして、だったのか。嵐静はどんな感じだったんだろうな。想像だけれど、いまとあまり変わらない気がする。私は花火など興味がない、とかいってそう」

「どうだろうな。私の幼い頃の話をする人ももういない」

はじめまして、私は嵐静。きみはなんていうの？　そんな感じかな。

翔啓は己の中から消えてしまった思い出を想像した。

「もうすぐ弟か妹が生まれるから、兄として期待に応えられるよう生きたかった。その頃の私は舞光様に憧れていたのだ」

「へえ。昔から皆の羨望の的だったからな、沁舞光は」

柩に横たわっていたお腹の大きな灯夫人を思い出す。あの中で眠っていたのは嵐静の弟か妹。

「翔啓。きみは私を兄と呼んでくれた、たったひとりの人だ」

覚えてはいないが、嵐静が穏やかに笑ったので間違ってはいなかったと思える。

「俺には兄がふたりもいるのか。恵まれているんだな」

翔啓は数日前、舞光と交わした会話を思い出していた。

嵐静の友人として生きる道では、いままでどおりの兄弟ではいられなくなるのだと舞光はいった。

「花火を一緒に見たのだ。あの景色はいまでもはっきり覚えている」

後宮で花火の音に紛れて嵐静が悲しげに伝えてきた思いが繋がってくる。

翔啓を守るために記憶を消したともに育った兄と、ふたり分の過去を抱え翔啓の命のために後宮へ潜んでいた友。

杯の中で揺れる酒には自分の目が映っている。

「そのすぐあとだ。灯氏が殲滅されたのは。逃げた先の流彩谷できみに助けられて匿ってもらっていたのだ」

消えた記憶を修復するかのように、嵐静の話をもとに想像する。翔啓は目を閉じて、流彩谷の森の中を十年前の嵐静、夢で見たあの少年と歩く物語を綴《つづ》る。身を挺《てい》して守ってくれた友を思い描く。そして目を開けて姿を重ねる。

「翔啓」

「なんだ」

酒を飲みほして、嵐静は人差し指を立てた。

「十年前の約束をひとつ、叶えた」

もちろん翔啓はなにひとつ覚えていない。

「どんな約束だった？　俺は覚えていないから、教えてくれ」

「約束を忘れてしまっている相手に教えるのも変な気持ちがするものだ」

「そりゃあ悪かったな。取り繕っても仕方がない。教えてくれよ」

翔啓が口を尖らせると、嵐静は口元に微かに笑みを浮かべる。

「大人になったら、月見をしながら酒を飲もうと約束をした」

「……そうなんだ」

「ふたりで月を見ながら、十年後になにをしているか語った。酒を飲みたいねと話したのだ」

「じゃあ俺も約束を守れた」

「今夜は月が出ているか」

うん、と翔啓は答えた。会話が途切れて、通りを歩く人々の笑い声が聞こえる。微かに聞こえる笛の音色と歌声が、沈黙に彩を添えている。

「翔啓、嘘をつくな」

「嘘じゃない。俺には見えるよ。今日は三日月だ」

真っ暗な空を見あげて、翔啓は酒を口にする。

窓枠から立ちあがって、嵐静の向かいに戻る。そして彼が持つ空の杯に酒を注いだ。

「もっと昔の話をしよう」

「強引に飲ませる気か」

「酔い潰れたら俺がちゃんと介抱してやるから、心配するな」

ふん、と翔啓は鼻を鳴らした。

数時間後、酔い潰れたのは翔啓のほうだった。

座卓に頬杖《ほおづえ》をついて、顔色の変わらない嵐静をじっとりと恨めしそうに見ていた。

涼しい顔をしやがって。絶対に俺のことを負かせて勝ち誇っているに違いない。

「嵐静がそんなに酒が強いなんて聞いていない……」

「言ってない」

「あんた。なんなんだよ」

「きみは、実は酒が弱いのではないか？」

いや、そんなことはない。嵐静が強いのだ。

床に転がるいくつもの徳利を見て、空けたのは大半が嵐静であることを思い出す。

飲め飲めと勧めたのは翔啓。気分がよかったから自分でも飲んだけれど。

「全然酔っぱらわないんだ、嵐静。俺はもうだめ。飲めない」

「別に私は酒を勧めてはいない。勝手にぐびぐび飲んだのだろう。無理をするな」

「うう。喋《しゃべ》っているのも俺ばっかり。せっかく羽を伸ばしているんだから……あんたも羽目を外せ」

「きみは外しすぎなのだ。明日に酒が残るぞ」

翔啓は床に寝転んだ。ずるいな、嵐静は平気な顔をしている。先に酔い潰れて寝てしまうのは癪だ。

「あ、そうだ。明日、明後日でもいい。……南部に行こうか」

「風呂場で老人に聞いたことが気になるのか？」

「気にしているのは嵐静のほうだろ？　な。せっかくだから花郷地のうまい酒を飲んでこよう」

「また酒か」

「悠永国でいちばんの湯治は流彩谷の瑠璃泉だが、花郷地にも湯治場があるし。こうして宿に泊まって酒を飲もう」

まったく、と嵐静はため息をつく。

「花郷地をまわって、洞窟を覗いてこようぜ。ばけものの正体を知りたくないか」

「そんなものに興味を持つなんて子供か……？」

「行こうよ。決めた。一緒に行く」

「強引に決めるな」

「ばけものの正体、もしかして嵐静は知っているんじゃないの？」

知らないと嵐静が言う。

「……酒を飲ませて、私からなにか聞き出そうとしているのか」

「そんなことしないよ」

相変わらず真面目な返しばかり。翔啓は酔っているのでよく頭がまわらない。

「うん、でもそうだな。聞きたいことがあるっていうのは認める」

「なにを聞きたい？」

「……戻ってくるといったのに、なぜ俺のところへ来なかったの」

酒に酔ってする質問ではない。嵐静は黙っている。

「答えてくれないのか」

「すまない。翔啓」

「謝らなくていい。責めていない。どうして憎いはずの皇后を助けにいったんだ。

教えて欲しい」

「……質問ばかりするな」

「なんで話してくれないんだよ。苦しいんじゃないの？　言ってよ。嵐静の父上のこともだよ、俺……」

突然伸びてきた嵐静の手が、翔啓の口を塞ぐ。

「翔啓。飲みすぎだ」

舞元に聞かれたときも嘘をついているのはわかっていた。舞元がどう受け取ったかはわからないが、話したくないなにかがあるのだ。鈍感な翔啓だってそれぐらいは感じる。

「私はなにも知らない。だからきみも聞かないでほしい」

「嵐静、俺はね！」

「お願いだから」

嵐静は翔啓から手を離した。

「俺は……」

いつか話してくれるまで、待っている。そう言いかけてやめた。

「じゃあさ、昔の話が聞きたい。俺は一緒に懐かしむことができないからさ！」

「そんなことはしなくていい。きみは沁氏にとって大切な人間だ。身寄りのない私と違う」

「なにを気にしている？」

「こうしてずっと一緒にいることが当たり前になるのはよくない。私は沁の者ではない」

「……そんなことかよ」

「時機を見て屋敷を出ていく。迷惑はかけられない」

嵐静の言葉に胸が詰まった。それが現実なのだ。嵐静は灯氏の生き残り。沁の屋敷で生活をしていくわけにはいかない。

「止める権利は俺にはないね」

せっかくこうして一緒に酒を飲むまでになったのに。こんな時を夢見ていたのではなかったか。普通の友人として、酒を酌み交わし語り合える日のために苦しんだのではなかったか。

「なぁ、嵐静。花郷地のあとは紅火岩山へ行こう」

「……それは……」

「約束だ。一緒に行くって言ったろ。ご両親のご遺体を故郷に埋葬して差しあげなくては。手伝うっていっただろう」

約束だ、と言ったら嵐静は無言で頷いた。

いつかこの友は離れていくのか。いなくなるのか。これが舞光のいう道が違えるということなのか。翔啓は聞き分けがない己の気持ちを落ち着けられないでいる。

「そのあとは、なにをしようか」

芝居に、旬の料理を味わう、季節の祭り、いろんなことを語っても嵐静は返事をしない。

「嵐静はなにがしたい？」

「翔啓。もういい。私は特別なことはなにもしなくていい」

「つまんないな……そうだ。東部には面白い三兄弟が住んでいるから会いにいこう。俺の友だ」

まるで夕暮れまでめいっぱい駆けまわり、遊び足りなくて駄々をこねる子供のようだ。いい大人が恥ずかしいと、ここに舞光がいたら叱られそうだ。でも、嵐静とずっとこうして話をしていたいのも素直な気持ちだ。

「楽しいか？　嵐静」

「どうだろう。楽しいといえば楽しい。昔の約束を叶えられたからな」

「嵐静が楽しいなら、俺も楽しい」

「子供じみたことを言うな」

「なんとでも言え。……だが、俺はもうだめだ」

「どうした」

　顔をあげているのも辛い。翔啓は座椅子を枕にして寝ころんだ。

「……起きていられない」

「まったく。きちんと寝台に寝ろ」

　立ちあがった嵐静がそばにくるのがわかる。

「光鈴と羨光にも怒られたんだよな……床で寝ないでって。情けないけれど。義理でもあいつらの兄なんだ、俺」

　弟たちが翔啓を迎えてくれるあの温かさは、かけがえのないものだ。嵐静のことを兄と呼んだ。覚えてはいないけれど、十年前、同じように、それ以上に、慕う心を嵐静へ向けていたのだろうか。血の繋がりだけが家族ではないことを、よくわかっているはずなのだ。

「兄と呼んだことは覚えているよ、俺」

　嘘だ。

月が見えるのも嘘、覚えているというのも嘘だ。

「……嵐静兄」

瞼を開けられない。どろどろに酔って床で眠るなんてだらしないが、どうしようもないほどに眠い。寝台まで行くのが億劫《おっくう》だった。このままでいい。床の冷たさが気持ちいい。

体がふわふわと浮く感じがする。本当に浮いているような気さえする。おかしいな。

「灯りは消さないでおく」

嵐静の声が聞こえた。あんたも寝ろよ、と口に出したつもりだったが、翔啓は意識を手放した。


次の日、嵐静が目を覚ますと翔啓はまだ寝息を立てていた。

起こさないようにそっと寝台から抜け出て、手探りで窓辺へ向かう。障子を開けると爽やかな風が入ってくる。風はどこを抜けてきたのか花の香りがしていて、日差しが温かい。天気がいいようだった。鳥の声が聞こえ、別な方向から朝餉の匂いもしてくる。宿での支度は声がかかるのだろうか。

衣の乱れを直して、髪を結いなおす。

見えない状態での身支度は沁の屋敷でいくらか慣れたものの、おかしなところがないか気になる。翔啓に見てもらいたいのだが、ぐっすりと眠っている。この様子だときっと昼まで起きない気がする。

やたらと酔ってしまったのは、こうしてふたりで出かけてきてはしゃいだからなのか、それとも本当に嵐静を酔い潰してなにかを聞き出そうとしたからなのか。

私を嵌めようとしても無駄だ。

思わず笑ってしまう。弟がいたならこのような感じなのだろうか。

喉が渇いていた。茶を飲もうと、座卓へ行こうとしてなにかを蹴飛ばしてしまった。床にあった徳利だ。ころころと転がっていく音がしている。音の行方を追っていると、音が変わった。板の素材が違う。もしかして部屋から転がり出てしまったのか？　戸が開いていたようだった。

拾いにいったほうがいいだろうか。そこで「おはようございます」と声が聞こえた。宿の仲居のようだ。

「お客さん、朝餉の準備しますんで、徳利は片づけてもよろしいでしょうか？」

「申し訳ない。うっかり徳利を蹴飛ばしてしまって」

声の感じから想像するに年配の女だ。嵐静は邪魔にならないように窓際へと行った。器の音が響くなかで「ひゃ」と仲居が悲鳴をあげる。

「なにか？」

「お連れさん、あられもない姿ですので直して差しあげたら……」

「あられもない？」

「私は見ていませんから！」

見えないのは嵐静も同じなのだが。ややこしくなりそうなので黙っておく。

どうしたのかと、とりあえず寝台に近づいて手で探ると、足が投げ出されて掛布がずり落ちている。手繰り寄せて拾い、寝ている翔啓の体の位置を確かめてからかけてやった。思わず深いため息が出る。触ってみて「あられもない姿」の意味がわかった。

なぜ裸で寝ているのだ。

嵐静は頭を抱えた。翔啓は酒を飲むと全裸になる癖でもあるのか。厄介である。流彩谷から花郷地の温泉宿へいくのだろう？　宿の仲居がまた驚くではないか。旅先で「沁の若君は酔うと全裸になる」という醜聞《しゅうぶん》が広まってはまずい。

どうしたらいいのか。酒を止めさせるのは気が引ける。基本的には楽しく飲んでいるようだから。ならば、翔啓が酒を飲む夜は起きていたらいい？　いや、嵐静だって人間だ。眠ってしまうかもしれない。後宮にいたころは少々眠らなくても平気だったが、沁の屋敷で暮らすようになってからは、規則正しい食事と睡眠の習慣ができてしまった。嵐静が眠り続けていたころ、翔啓は酒を控えていたのかもしれない。起きて見張るのは無理。ならば、翔啓が酔って寝るときは掛布でくるんで帯で縛っておこうか。

屋敷でいつもこうだったのだろうか。さぞかし羨光や光鈴、舞光は手を焼いているに違いない。

嵐静があれこれと考えているあいだに、仲居は夕餉の散らかり放題を片づけたようで「朝餉の支度ができましたんで」といって部屋を出て行った。

翔啓の寝息は相変わらず。

弟、か。

そういえば、沁の屋敷にいるときに部屋の戸を隔てて、中庭から沁の者たちの会話が聞こえていた。

新皇帝が誕生してから、悠永国全体がゆっくりと明るさを取り戻しているような気がすると。皇帝が殺され、後宮が焼け、そして皇后が行方不明。暗い話題が尾を引いていて、それは流彩谷も同じだった。

智玄が皇帝に即位したことは明るい話題だったと。嵐静が眠っているあいだに智玄は悠永国皇帝となったのだ。評判は上々らしく、幼帝で不安だという声を、いい意味で裏切っているらしい智玄が頼もしかった。

皇帝暗殺の嫌疑がかかっていた皇后の剣、静羽。彼女は焼死体となって発見されたという。皇后は依然として行方不明のままにしている理由もわかった。翔啓は智玄に、嵐静が流彩谷で暮らしていることを伝えたといっていた。

智玄の性格からすれば、母上はどこだと早馬を飛ばしてきそうなものだが。体を気遣ってくれているのだろうか。

智玄に会いにいくことはできない。どう伝えたらいいのだろう。自ら死を望んだあの女の選んだ道を。

嵐静は目を覆い、火に包まれた皇后の部屋の光景を思い返していた。

しこたま飲んで寝てしまった翌日。翔啓が目覚めたとき、体が重くて仕方がなかった。酒のせいだけではなく、掛布と座布団が数枚、体に載せてあったからだ。載せるというよりも埋められているといったほうがいい。

「……嵐静」

呼ぶと、嵐静は自分の衣を畳んでいた。昨夜の夕餉は片づけられており、嵐静の寝台も整えられている。

「なんだ」

「これなに……重いんだけど」

「掛布と座布団だ」

そんなことはわかっている。嵐静が嫌に不機嫌だった。理由を聞いても教えてくれなかった。

翔啓が起きたのが昼過ぎだったため、月山客桟にはもう一泊することになった。

その翌日に花郷地へ向けて、流彩谷を出発した。

南下する際に東か西をまわることを提案した。まわり道を提案したのは、悠永城のそばを通らないほうがいいと思ったからだ。だが、嵐静は「どう考えても真っすぐ進んだほうが早い」と譲らなかった。結果、最短距離を行くことになった。

洋陸を通りかかったのは夕暮れ時だった。

馬車の物見窓から見る都は、何度来ても賑やかで人々に活気がある。嵐静は都を知っているのだろうか。彼は翔啓が開けた物見窓にちらりと視線を走らせて、音を聞いているのか目を閉じた。

すぐそこに傷ついた後宮を抱えて、悠永城がそびえている。かつて嵐静が身を潜めていた闇だ。

都を抜けてから川沿いにある質素な宿で休憩を取り、南部の花郷地へと入った。花の郷《さと》という名のとおり、四季折々の花々が咲き誇る土地だ。他の地方では咲かない花も花郷地であれば育てられる。花はもとより、花を原料とした香料なども有名だ。お香や匂い袋が女子たちに人気である。翔啓は疎いが、光鈴が「花郷地の匂い袋を兄上が買ってくださった」と喜んでいたことがある。

花郷地では洋陸で借りた馬車の御者が懇意にしているという宿を取った。

「俺は花郷地に来るのは初めてだ。嵐静は？」

「私も初めてだ。父は白氏に友人がいたそうで、若い頃によく足を運んでいたらしい」

「ふーん」

花郷地の中心部を歩く。街は整備されていて美しく、商店や食堂なども多く立ち並んでいた。

「お。嵐静、林檎飴が売っている。食べるか？」

「きみはもう林檎飴を忘れたらどうだ」

「流彩谷で食べ損ねたからな。食べ物の恨みは深いわけ」

よくわからんといった様子で嵐静は首を傾げている。

もう翔啓が手を引かなくても並んで歩ける。物や人にぶつかることもない。嵐静の研ぎ澄まされた感覚には恐れ入る。

「でも腹減らない？　どこかで食事をしよう」

林檎飴を売る露店店主におすすめの店を聞き、そこへ入った。小太りで笑顔の可愛らしい女給が迎えてくれる。店内は賑わっており、味は期待できた。花郷地は川が多く、川魚の料理が有名だ。店は観光客相手というよりも地元の客が気軽に足を運べるような食堂といった雰囲気だ。女給のふくふくとした笑顔が明るくて、活気があって雰囲気のいい店だなと翔啓は思った。

「いらっしゃい！　お二方。こちらのお席へどうぞ」

「ありがとう」

「ご注文は？」

「饅頭《まんじゅう》と……魚の汁物。嵐静はどうする？」

「きみと同じものを」

別な客が「女将」と叫ぶと女給が「はーいお待ちを」と返事をした。彼女はこの店の女将か。厨房《ちゅうぼう》からは「六番できたよ」「漬物準備できたぞ」など男性の声がする。軽快に対応する女将。夫婦だろうか。

店の奥からふたりの小さな男の子が顔を出した。どちらも丸顔で愛らしい。

「母ちゃん、遊びにいってくるよ」

「はいはい。日暮れまでには帰るのよ」

「うん、わかった」

「沼地には行っちゃだめよ！」

母の言いつけに大きな声で返事をして、兄弟は外へと駆け出していった。翔啓は女将を手招きして呼ぶと、甘味をひとつ追加注文する。

「胡桃《くるみ》の点心ですね、承知いたしました」

「女将、さっきの兄弟はお子さん？」

「そうですよ。やんちゃ坊主で困ったものです」

「元気でなにより。可愛いですね。ところで、沼地ってなんですか？」

　ああ、と女将はにこやかに答える。

「街はずれに大きな沼地が広がっているんですよ。大昔、尼寺があった場所なんですけれどね。そもそも沼地は危険だから地元の人は近づかないようにしているんです」

「沼地、ですか」

「何年か前にも小さな子供が足を滑らせて亡くなっているし。あそこ、洞窟もあってね。ばけものが出るとかいろいろ言われていて。昔から陰の気が集まっているのかよくない場所なんですよ」

　おしゃべり好きの女将で助かった。情報収集ができそうだ。嵐静は止める様子もない。視線を落としていて、女将の話を聞いているようだ。

「私はただの見間違いだろうと言ってるんですけれどね、火の玉を見たとか、浮浪者が住み着いているだとか。とにかく薄気味悪い場所なんですよ」

「ばけものですか。怖いなぁ」

「お兄さんたち、どこから来られたの？」

　流彩谷だと答えると女将は目を細めた。

「そうですか。せっかく遠いところから花郷地にいらしたのですから、白氏の公共庭園とか、蓮池とか、子宝祈願でたくさん人が来る洞窟廟とかにいったほうがいいわよ。お兄さんたちも」

なるほど楽しそうである。だが、その沼地に興味がある。女将は「失礼しますね」と厨房のほうへと戻っていった。

「あの爺《じい》さんの話は本当だったんだな」

嵐静はそうだな、と茶を口にした。

「りょうちゃん、あちらのお客様へこちらをお持ちして」

「はーい」

女将ではない女子の返事が聞こえてきた。そのとき、嵐静が声のほうに顔を向けた。翔啓もなんとなくそちらに視線を飛ばす。奥から出てきたのは女将よりも年若い、細身の女給だった。客に料理を出してからこちらを振り向いた。

「えっ……」

思わず身を乗り出した。椅子から立とうとして、嵐静に腕を掴まれる。

「翔啓」

嵐静もおそらく声で気づいたに違いない。後宮で唯一の友だった人物の声を忘れるわけはないのだろう。

女給は涼花だったのだ。

ここで働いているのか。留以が言っていた「文に南部にいると書いてあった」というのは本当だったのだ。心配する留以にすぐにでも知らせてやりたいが、宮女だった涼花が食堂で働いているなんて、なにか理由があるはずだ。

「涼花殿は花郷地の出身なのか？」

「違う」

「陛下が後宮を再編するとおっしゃった。先帝の妃たちは郷里へ帰したと。そして涼花殿の恋人、留以殿がいっていたんだ。涼花殿は後宮におらず、南部出身の妃に随行しているらしいと」

嵐静は黙っている。女将が料理を運んできた。涼花は別な客の対応をしていて、翔啓たちに気がつかない。

「……嵐静。あんたもしかして、涼花殿がここにいること知っていたんじゃないのか」

「いや。花郷地にいるとは思わなかった」

「どういうことだよ」

なにも話が見えない。空腹が消えてしまった。せっかく出てきた美味しそうな饅頭と魚の汁物が喉を通らない。汁で胃に流し込むようにして食べ終えると、涼花の姿を探す。厨房のほうへいっているのだろうか。

「女将、勘定を」

いったん店を出よう。支払いを済ませて店を出ると、女将が見送りに出てきた。

「ありがとうございました。またどうぞ」

「待って、女将！」

翔啓は店に戻ろうとした女将を呼び止める。

「女将。あの、りょうちゃんと呼んでいた子、いつから？」

「少し前からですよ。働き者でいい子です。美人だし」

「ちょっと……呼んできていただけないでしょうか」

「人気だこと。あの子は看板娘なんですよ。おかげで地元のお客さんが涼花を目当てで来てくれるのです」

少々お待ちください。そう言って女将はいったん店に引っ込んだ。翔啓は嵐静の手を引いて店から少し離れ、近くの植え込みに隠れた。しばらくすると、退店する三人連れの客を見送るために、涼花が出てきた。

「ありがとうございました。またのお越しをお待ちしております」

ふう、と額の汗を拭って「あれ？」とあたりを見回している。

「出てきたようだな」

翔啓はそっと立ちあがる。嵐静も後ろをついてきている。

「涼花殿」

こちらに背を向けている彼女に声をかけると、涼花はゆっくり振り向いた。目を丸くしている。

「……静羽」

翔啓よりも、後ろに立つ嵐静のほうに驚いたらしい。

「涼花。元気だったか」

「ごめんなさい。静羽じゃないわね、嵐静。あなた怪我は治ったの？　あのあとどうしたのよ。心配で仕方がなかったわ……！」

「平気だ。翔啓に命を救ってもらった」

よかった、と涼花は嵐静に駆け寄って手を取り、涙を落とした。

「沁の若君。ご無沙汰しております」

涼花は丁寧に礼をする。さすが皇后の宮女である。食堂の女給姿ではあるが、所作は美しい。

あのあとどうしたのか、という涼花の言葉が気になる。翔啓は辛うじて「お元気そうでなによりです」と声をかけた。

嵐静と涼花の様子を窺う。ふたりにしかわからないことがあるのか。取り繕うようにしている涼花が笑顔になる。

「おふたり、どうしてここへ？」

「嵐静の養生です。なにせ大変な怪我だったものですから。あの火事からよく生きて逃げられたものです」

「そ……そうですね」

胸の前で指を固く組んで、涼花はなんだか言葉を選んでいるようだ。様子がおかしい。

「翔啓。涼花は仕事中だ。立ち話で迷惑をかけられないから、失礼しよう」

嵐静の言うとおりだ。どうして花郷地にいるのかを聞きたいが、あらためたほうがよさそうだ。すると涼花がぱっと顔をあげる。

「あ、あの、おふたりはどこか宿に泊まっておられるの？　私、もうすこしで今日は終わりなんです。あとで伺いますから」

意外だった。「おふたりにお話があります」とも言った。宿を教えると涼花は店に戻っていった。

宿に戻る道すがら、翔啓は考えていた。後宮再編で先帝の妃たちは郷里に帰されている。涼花はそのひとりに従って花郷地にいるのだろうと。

「嵐静。先帝の妃のうち花郷地出身は誰だ？　涼花殿はそのためにここにいるのだろう？」

肩がぶつかって、嵐静が立ち止まる。

「……皇后だ」

翔啓は息を飲む。

「だったら陛下が知らないわけがない。それに、侍女ならともかくなぜ食堂で女給なんかをしているんだ」

嵐静は答えない。いったいなにがあったんだ？　あの火事の日に。

そして日が暮れてから、約束どおり涼花が宿へ訪ねてきた。仲居に茶を頼んで、三人で座卓を囲んだ。涼花は後宮のお仕着せ姿しか見たことがなかったが、いまはお世辞にも上等な衣を着ているとは言い難かった。生活が苦しいのだろうか。

「まさか花郷地で入った店で涼花殿に会うなんて。驚きましたよ」

「偶然ですか？」

涼花の問いに翔啓は頷く。

「露店の店主があの店をお勧めしてくれたんです。花郷地を訪れたのも偶然です」

「そうなのですね。うちの店に来なければ再会しなかったでしょう。これもご縁なのですね」

店の前で話したときよりも表情が柔らかい。翔啓も、その涼花の様子を見てほっとする。

「先程はごめんなさい。あたし、戸惑ってしまって。花郷地に来ていたことも誰にも伝えていなかったし。留以にも詳しいことは話していませんでしたので」

ふう、と涼花はため息をついた。

「とにかく、元気そうでほっとした。……すまなかった」

「謝ることはないわ。あなたこそ元気そうでなにより」

翔啓は黙ってふたりのやり取りを聞いていた。

「なんだか雰囲気が変わったわね。体のほうはもういいの？　嵐静」

ああ、と嵐静が曖昧に返事をする。嵐静は茶器を手探りし、持ちあげて口をつけた。

「……どうしたの？」

「視力を失った」

　はっと口元を押さえて「そんな」と声を震わせた。そのうちぼろぼろと涙を零して、話をするどころではなくなった。手巾で顔を拭って咽び泣く彼女が落ち着くのを待った。

「涼花、そんなに泣くことはない。こう見えてわりと普通に暮らしている」

「そうなのね……ご、ごめんなさい。びっくりしちゃって」

「涼花、きみはいまどこで暮らしている？」

　嵐静の問いかけに涼花は黙り込んだ。涙を拭く手が微かに震えている。答えにくいのだろうか。そして意を決したようにようやく顔をあげた涼花は、こう言った。

「嵐静、あの日の続きを教えなければいけないわ。あなたが危険を冒し、視力を失ってまで救おうとした存在がどうなったか、伝えなくてはならないわ」

　そう言うと涼花は立ちあがる。彼女の様子を察して不安が過《よ》ぎる。

「嵐静が救った命……？」

　涼花はゆっくりと頷いた。微かに瞳が濡れている。

「おふたりをお連れしたい場所があります。一緒に来ていただけますか？」

　急な誘いにふたりは戸惑いを隠せなかった。

宿で提灯を用意してもらい、三人で出かけることになった。夜の営業をする店の明かりを背にして、賑やかな通りからはずれる。そして、いくつも橋を渡り鬱蒼《うっそう》とした林の中を歩いていた。嵐静は翔啓の後ろを歩いている。

「なぁ嵐静。夜道だから俺に摑まれよ。危ないだろう」

「涼花の声もあるし平気だ。いいから前を見ろ、転ぶぞ」

「俺は大丈夫だっての」

前を歩く涼花がくすくすと笑っている。

「翔啓殿も嵐静も、ここからは足元が悪くなります。お気をつけて」

林を抜けると急に気温が下がったような肌寒さを覚える。湿った風が吹いている。水気を含む空気が肌にねっとりと貼りつくようだ。すこし先に小屋が見えてきた。涼花はその建物を指差す。

「あたしはここで暮らしています」

廃屋一歩手前のような小屋だ。皇后の宮女を務めた女子が、なぜ遠く離れた花郷地の奥のこんな場所で暮らしているのか。翔啓は胸が苦しくなった。留以がいまの涼花の暮らしを見たらどう思うだろう。

「……どうしてまたこんな場所に」

「一応貸家ですよ。昔、ここらの農民が住んでいた家のようです。格安なので贅沢はいえません」

嵐静はなにも言わない。涼花の住む家が見えていないのだから仕方がない。あたりを見まわしても、他に民家もなにも見えない。女子ひとりで危険ではないのか。

涼花は「こちらですよ」と翔啓たちを連れて、住んでいるという家を通りすぎていく。

「おふたりをお連れしたいのは、この先です」

また林を抜けて案内されたのは空気が淀み、いっそう気味の悪い場所だった。

「涼花殿、ここってもしかしてばけものが出るという噂のある沼地では……？」

「あら、ご存じでしたか？」

「最初に言ってくださいよ。怖いなぁ」

こちらです、と涼花が先へ進む。沼地の中央に石が並べられており、渡れるようになっている。よく見ると、あちこちに折れたり倒れたりしている丸形の柱のようなものがある。もしかしてあれは石灯籠だろうか。

「ばけものなんていませんよ。あたし、ここに通っているんです。毎日」

あそこです、と涼花が指差したのはぼろぼろに朽ち果てた建物だ。その奥に洞窟がある。

「涼花。ここはどういった場所だ？　……通っているとは、誰かがいるのか？」

「翔啓殿。いまそばにお連れしますから、嵐静に教えてあげてください」

「わ、わかりました……」

鼓動が早鐘を打つ。翔啓は嵐静の手を引いた。涼花は洞窟のほうへと入っていくので、それに続いた。中では燭台に蠟燭が灯されている。とはいえ、かなり薄暗い。提灯がないと歩けないくらいだ。

前を行く涼花が立ち止まり、深呼吸をした。

「……栄凜《えいりん》様」

涼花の呼びかけに反応したように、うう、と呻き声が聞こえてくる。返事をしているのか？　衣擦れが聞こえる。翔啓が目を凝らすと、数歩先に円卓があり茶器が並べてある。端が欠けた皿、器、麻袋が床に敷かれており、布の塊が置いてある。その布の塊が蠢《うごめ》いた。なにかいる。翔啓は背筋が冷えた。

「栄凜様」

首をもたげる蛇のように、布の塊は起きあがる。かろうじて人の形をしている。眠っていたのだろうか。

「う……あ……」

布から指先が出てきて、その細さからして確かに女子である。ぼろ布を纏った女子が発するのは不明瞭で聞き取れない、しわがれた声だった。起きあがり布がずれて一本に結った髪の毛が垂れた。白髪であった。顔を布で隠しており、ぬらぬらと濡れたふたつの瞳と視線が合い、翔啓は息を飲んだ。

「見えているか、翔啓」

「……ああ」

「白栄凜。……皇后だ」

嵐静が静かに言った。

生きていたのか。この光景を嵐静に教えてやらねばならないのに、言葉にできない。それぐらい容貌が変わっていて、思わず目を背けてしまう。ばけものと噂されても仕方がない。火傷で爛れ皮膚が引きつれた両手、顔の半分に残る火傷のせいであの美しかった皇后の面影がない。花のようであった唇は色をなくし、乾燥してひび割れている。

「これがあの皇后なのか。信じられない……」

双眸《そうぼう》は濁り、涼花や翔啓を見てもなんの変化もない。ぼんやりと視線を彷徨《さまよ》わせているだけだった。正気ではないのだな。一目でそうわかった。

「治療の甲斐あって一命はとりとめましたが、もう……ご自分のことが誰なのか、皇后であることも覚えておらず、あたしのこともわかりません。つたない言葉しか話さなくなってしまいました。まるで幼い少女です。皇后陛下は壊れてしまったのです」

涼花の言葉が洞窟に漂う。

「きみに大変な思いをさせてしまった」

頭を下げようとする嵐静を、涼花は「待って」と止めた。

「謝らないでちょうだい。栄凜様はあたしの主《あるじ》よ。放っておけなかったの。あたしの意思だから、嵐静のことはこれっぽっちも恨んじゃいないわよ」

ね、と涼花は嵐静の両手を取って微笑んだ。

「ふたりとも、俺に教えてくれないか？　なぜ皇后陛下はここに……？」

翔啓が問うと、涼花は嵐静の顔色を窺った。その様子がわかったのか、嵐静は翔啓に顔を向けて、かいつまんで話してくれた。

「あの日、私は涼花と侍医殿の参良に皇后を預けたのだ。脱出後に偶然ふたりに出くわして」

「あたしは栄凜様の身をお預かりしました。幸いお命は助かりました。栄凜様はよく花郷地へ帰りたいとおっしゃっていたので、参良殿に協力をしてもらい、花郷地の診療所へ移ってきました。あたしはここに栄凜様を隠しているのです」

燃え盛る長紅殿に入ってから、壁の外で倒れているところを見つけるまで、そんなことがあったなんて。

「涼花殿はどうして悠永城へ戻らずに花郷地へ来たのです？」

「このようなお姿の栄凜様を陛下のもとへお戻しできなかったからです」

「しかし、彼女は現在の皇帝陛下の母上ですよ？」

「栄凜様は、ご自分の息子のことも忘れておられるのです」

涼花は皇后を振り返る。

「白氏に相談することはなさらないのですか？」

皇后の出自は白氏だ。現宗主はこのことを知っているのだろうか。しかし涼花は首を横に振った。

「そんなことをしたら、陛下に知られます」

栄凜は自分の意志と無関係に、仕える者たちの手によって生かされている。

先帝に見染められ皇后になった。子も授かった。地位も名誉も手にした後宮の頂点。美貌で誇ったあの皇后の面影がひとつもない。一族を滅亡させその事実を握り潰し、ふたりの子供を剣で貫いた罪なのか。

「診療所の診察では、栄凜様はかなり心臓が弱っているそうです」

花を。

皇后のしわがれた声がもう一度「花を」と言う。嵐静に向かって枯れ木のような手を伸ばしている。

「……はな。あ、あ、花を、どうぞ」

誰かに花を渡そうとしているのか。彼女の手には花束が抱えられているのだろうか。

「あんたのこと、誰かと間違えているのかな」

「花は、いかが、ですか」

嵐静は己に向かって伸ばされた皇后の指先に、手を差し伸べようとした。しかし、触れる寸前でぎゅっと手を握りしめて、嵐静は皇后に背を向けた。

皇后はきっと、幸せな夢を見ている。その姿は老女にも少女にも見えた。

洞窟をあとにすると、涼花が住む家の前まで戻って来た。

「おふたりは、いつまで花郷地に？」

「数日は。そのあと流彩谷へ戻る予定ですが」

「そうですか。おふたりとも、もうここへは来ないほうがよろしいかと。翔啓殿、嵐静。このことは誰にも秘密に」

深々と頭を下げる涼花にかける言葉がない。

暗闇に沈む林を、湿った風が駆け抜けていく。

「あたしは栄凜様を隠したい。悠永国の花であった皇后陛下を美しいままで皆の記憶に留めたい。……身勝手かもしれません。あたし、天に背く行いをして、死んだあとは極楽へ行けないかもしれませんね」

涼花は肩をすくめた。

「涼花殿。文をください。なにかあれば俺を頼ってほしいです。留以殿にも文を。それと、いくらかの生活の足しに……」

翔啓は懐から銭入れを取り出そうとした。その手を涼花が止める。

「ありがとうございます。翔啓殿。けれど心配には及びません」

無力であった。自分たちができることはあまりに少ないと気づく。

「最期まで付き添いますから。それがあたしの役目です」

彼女の笑顔に浮かぶ少しの寂しさが胸を打つ。


涼花と別れ、翔啓と嵐静は来た道を帰る。

すべてを忘れてなにもわからず、面影もないほどに変わってしまった姿で、消えかけの命を生かされている栄凜。翔啓はあのばけもののような姿を、どうしても子供の頃の記憶がない己と重ねてしまう。

記憶の中にある誰かと間違えて、花をどうぞと伸ばした手が、嵐静に届かなかったことも。

林を抜けて小川にかかる橋を渡る。水面は細かい光を拾って反射しながら、葉や花びらを流していた。

花郷地はもうすぐ夜明けを迎えようとしていた。帰りに涼花が火を足してくれた提灯の明るさがいらないほどだ。薄紫に染まっていく空を見あげて、翔啓は立ち止まって嵐静に問いかけた。わからないことが多すぎた。

「嵐静。聞いてもいいか」

「……なんだ」

「あの日、どうして俺のところへ戻ってこなかったんだ？」

皇后を助け出し、後宮の壁から外に出た。そして涼花と参良に預けた。

だったら、そのまま帰ってくればよかったではないか。

「花郷地にいる理由もわかった。涼花殿が嘘をついているとは思わない。それはいいんだ。ただ俺は、戻ってくるといったあんたがなぜひとりで壁の外へ出ていったのかなと思って」

翔啓の問いにすぐに答えず、嵐静は提灯を地面に置いた。

「嵐静。俺のところに戻りたくなかった？」

あの日、と嵐静が言う。彼は振り向いて翔啓を見た。視線が合う。

「長紅殿から外に出たとき、兵士たちが静羽を捕えろと叫んでいた。そのへんにいるはずだ。逃がすなと。怖かった」

湿った風が吹いている。まるで沼地から連れてきてしまったかのようだった。

「皇后はまだ生きていた。回復すれば私を静羽だと、殺せと命じるに違いない。そう考えたら、きみのもとに戻れなかった。殺されれば今度こそ二度と会えない」

翔啓は嵐静のそばへ寄る。もっとたくさん話をしてほしかった。本心を知りたかった。

「侍医殿ではなくわざわざ遠くへ運ばせた。途中で死ねば、私の正体を知るものはいなくなる」

嵐静は「怖かった」と繰り返した。

「きみのもとに帰れなくなることが怖かった」

「皇后が死んでいたならば、帰ってきたのか」

死んでいたなら。帰ってきていたなら。もう戻れない道ばかりを振り返って、未来の枝葉を想像する。

「助けにいったのは陛下のため。それは嘘ではない。だが……死ねばいいと思ったのも本心だ。死んでいたら、迷わずきみの元へ戻っただろう」

仇の最期を確かめたかった。嵐静は静かにそう呟く。

「帰って来ない友のことは見つけられたから、まぁいいか」

翔啓は持っていた提灯を顔の高さまで上げる。明かりが嵐静の瞳に反射していた。

もう不要だと火を吹き消した。

「翔啓。花郷地を離れたならば、両親の亡骸とともに私は紅火岩山へ帰る」

「帰るって？　屋敷には……？」

「私は沁の屋敷には戻らない」

いつか言われると思っていたが、それがいまだと思わなかった。

「そうか。もう行くのか」

動揺を悟られないようにしたつもりが、声が震えてしまう。

「今現在の紅火岩山がどうなっているのか、嵐静は知っているのか？」

「焼き払われてなにもないはずだ。だが、育った土地であり、父と母の思い出がある。私の居場所はそこしかない。私は紅火岩山で生きていく」

「……目が見えないのにどうやって？」

引き止めるようなことを言ってしまう己が恨めしかった。沁には育ててもらった恩がある。しかし、視力を失った嵐静をひとりにできない。

「あんたをひとりにしないと決めた。俺は心に従うつもりだ。勝手だけど」

「私はひとりではない。きみは大切な友。いつも私の心にいた。十年前も、後宮での日々も、ずっとだ」

そっか、と呟いて翔啓は嵐静が足元に置いた提灯を拾う。両手に持って、火の消えたふたつの提灯を朝焼けに透かす。水紋と花弁の模様がふんわりと浮かんでいた。

「翔啓。十年前、私はきみにもうひとつ約束をした」

「酒を飲むっていうやつのほかに?」

彼は真っすぐにこちらへ近づいてくる。

「紅火岩山へ連れていくと。あの炎を見せてやると約束をした」

「思い出せないな。紅火岩山へ連れていくって、あんた、目が見えないのにどうやって俺に……」

嵐静は翔啓の右胸を指差し、人差し指でとん、と突いた。もう一度、とんとん。

翔啓はその指の動きを追ってから、腕を辿って嵐静を見た。彼は翔啓を見て目を細める。優しい眼差しは、暗闇で行先を導く灯火のようだ。

「……嵐静。もしかして見えているのか」

「まだ完全ではないが」

「いつから?」

「きみが林檎飴を買いに行き不良に絡まれたあたりから、だろうか」

「なんで黙ってたんだよ。たちが悪いな」

「これならばきみと交わした約束を守ることができる」

暁闇に浮かぶ友の姿が涙で霞《かす》む。こちらに向かって伸ばされる嵐静の手は迷いがなかった。

「私と一緒に来るか」

本書は書き下ろしです。
本作品はフィクションです。実在の個人、団体とは一切関係ありません。（編集部）

実業之日本社文庫 あ 26 4

後宮《こうきゅう》の炎《えん》王《おう》　参《さん》

2023年8月15日　初版第1刷発行

著　者　蒼山《あおやま》螢《けい》

発行者　岩野裕一
発行所　株式会社実業之日本社
〒107-0062　東京都港区南青山6-6-22 emergence 2
電話［編集］03(6809)0473［販売］03(6809)0495
ホームページ　https://www.j-n.co.jp/
ＤＴＰ　ラッシュ
印刷所　大日本印刷株式会社
製本所　大日本印刷株式会社

フォーマットデザイン　鈴木正道（Suzuki Design）

ISBN978-4-408-55816-5（第二文芸）